品读

卢雪梅◎编著

传统经典诗文

江西高校出版社
JIANGXI UNIVERSITIES AND COLLEGES PRESS

PINDU

CHUANTONG JINGDIAN SHIWEN

图书在版编目（ＣＩＰ）数据

品读传统经典诗文/卢雪梅编著.--南昌:江西高校
出版社,2023.7（2025.1重印）

ISBN 978－7－5762－3986－7

Ⅰ.①品… Ⅱ.①卢… Ⅲ.①中国文学—古典
文学—文学欣赏 Ⅳ.①I206.2

中国国家版本馆 CIP 数据核字（2023）第 122145 号

出 版 发 行	江西高校出版社
社 址	江西省南昌市洪都北大道96号
总编室电话	（0791）88504319
销 售 电 话	（0791）88522516
网 址	www.juacp.com
印 刷	三河市京兰印务有限公司
经 销	全国新华书店
开 本	700mm×1000mm 1/16
印 张	10.75
字 数	151 千字
版 次	2023 年 7 月第 1 版
	2025 年 1 月第 2 次印刷
书 号	ISBN 978－7－5762－3986－7
定 价	58.00 元

赣版权登字 －07－2023－461

前　　言

中华优秀传统文化博大精深，其思想内容无不展现出灿烂的民族光彩，其道德之根无不蕴含着强大的民族自信。中华民族之所以是中华民族，是因为中华优秀传统文化赋予了其独特的精神气质。中华优秀传统文化是中华民族的"根"与"魂"，是中华儿女精神文化的重要载体，是世界文明智慧的重要组成部分。它经历了几千年的积累沉淀，依旧深邃明澈，光芒四射。

文化体现着一个国家、一个民族的价值取向、道德规范、思想风貌、行为特征，是一个国家、一个民族的精神家园。优秀传统文化是中华民族的精神家园，它蕴含着"仁义""和合"的进步理念，承载着"天下兴亡，匹夫有责"的爱国思想，传递着"革故鼎新，与时俱进"的改革精神。

中华优秀传统文化，凝聚着中华民族共同经历的奋斗史，积蓄着中华民族共同铸就的民族魂，贯穿着中华民族共同坚守的理想信念，连接着中华民族的过去、现在和未来，是中华民族共同创造的精神世界，也是中华民族屹立于世界民族之林的强大精神力量。腹有诗书气自华，学习优秀传统文化经典，有利于滋养心灵，培养高尚的道德情操；有利于锻造品格，提高国民综合人文素养。

为赓续、传承、弘扬中华优秀传统文化，真诚帮助学习者提高国学学习能力，编著者对国学学习不同需求群体进行了多方调研，并结合国学学习的趣味性、口头性、简洁性、诵读性、基础性、文学性、群众性、知识性、综合性等特点，编著了本书，旨在提高国民品读、理解、学习、体会传统经典的整体水平，进一步增强文化自信，激发国民的仁爱意识、团结意识、集体意识、爱国意识、学习意识、科学意识、创新意识、进步意识、美学意识。

为适应蒙学、趣读、鉴赏等不同知识层次学习者品读、理解、感悟之需要，编著者对诗文中的生僻字、多音字、通假字、易读错字进行了全方位拼音标注，并附有经典美文感悟，力求满足不同知识层面学习者无障碍学习的需求。

本著作由崇德向善、高风亮节、真爱永恒、家国情怀、铁血丹心、江山多娇、敏而好学七部分构成，每部分由两个相近的主题构成，每个主题由两个小节构成，每个小节由品读篇、拓展篇、感悟篇三个环节构成。

本书在编写过程中，得到了部分专家、学者以及全体同人的大力支持，在此深表谢意！

由于编写水平有限，书中若有不妥之处，敬请各位读者批评指正。

卢雪梅

2023 年 6 月 1 日

目录
Contents

第一部分　崇德向善

　　崇德向善、明德惟馨、仁者爱人,是孔孟思想也是儒家学说的最高道德理念,是儒学所主张的爱的方式。

　　仁爱和礼让体现了最高的道德规范和人性之美。孔子、孟子真诚地期望世人都有仁爱、礼让之心,而且使之存于内心深处,融于血脉之中,从而使人间充满爱和尊重,充满和谐和友善。孔孟的追求和理想至今仍具有深远的现实意义。

主题一　仁者爱人

品读篇

民　之　于　仁

 导读经典

　　本文出自《论语·卫灵公》第三十五章。仁爱思想在春秋时期已经出现，但是在孔子之前，人们只是泛泛而谈，孔子敏锐地把握了时代的脉搏，赋予"仁"以深刻的含义。他真诚地期望统治者热爱人民、关心人民，真诚地期望世人都有仁爱之心。

　　何为仁？一是以协调人与人、人与社会之间的相互关系为宗旨；二是重视发挥人的主观能动性，强调人的内在道德修养。仁，是儒家学说的最高道德理想，也是儒学所主张的爱的方式。

 品读经典

　　子曰："民之于[1]仁也，甚[2]于[3]水火。水火，吾见蹈[4]而死者矣，未见蹈[5]仁而死者也。"

注释经典

　　[1]于：对于。

　　[2]甚：厉害、严重。

　　[3]于：此处用作介词，比较。

　　[4]蹈：踩、踏。此处指投入。

　　[5]蹈：引申为追求、施行、践行。

雅译经典

孔子说:"人民对于仁德、仁爱的需求,比对于水火的需求更加迫切。我见过有人不幸陷入水火而死亡的,但是没有见过人民沐浴在仁爱之中而死亡的。"

 作者简介

孔子(前551—前479),名丘,字仲尼,春秋末期鲁国陬邑(zōuyì,今山东曲阜)人,祖籍宋国栗邑(今河南夏邑)。孔子是中国古代著名的思想家、教育家,他开创了私人讲学的风气,倡导仁、义、礼、智、信,是儒家学派的创始人。

孔子曾受业于老子,带领部分弟子周游列国十四年,晚年修订"六经",即《诗》《书》《礼》《乐》《易》《春秋》。相传他有弟子三千,其中贤人七十二。孔子去世后,其弟子和再传弟子把孔子及其弟子的言行语录和思想记录下来,整理编撰(zhuàn)成儒家经典《论语》。

孔子在中国古代被尊奉为"天纵之圣""天之木铎(duó)",是当时最博学者之一,被后世尊为至圣、至圣先师、万世师表,被列为"世界十大文化名人"之首。其儒家思想对中国和世界都有深远影响。

仁 者 爱 人

 导读经典

本文出自《孟子·离娄下》第二十八章。"仁"和"礼"都是儒家所尊崇的理念,仁爱和礼让体现了最高的道德规范和人性之美。孟子真诚地期望世人都有仁爱、礼让之心;而且,使之存于内心深处,融于血脉之中。如此,人间就充满了爱和尊重,充满了和谐和友善,就能做到"仁者爱人,有礼者敬人"。孟子的追求和理想至今仍具有深远的现实意义。

品读经典

　　孟子曰:"君子所以异于人者,以其存心也。君子以仁存心,以礼存心。仁者爱人,有礼者敬人。爱人者,人恒爱之;敬人者,人恒敬之。有人于此,其待我以横逆[1],则君子必自反也:我必不仁也,必无礼也,此物[2]奚(xī)宜[3]至哉?其自反而仁矣,自反而有礼矣,其横逆由[4]是也,君子必自反也:我必不忠。自反而忠矣,其横逆由是也,君子曰:'此亦妄人也已矣。如此,则与禽(qín)兽奚择[5]哉?于禽兽又何难[6]焉(yān)?'是故,君子有终身之忧,无一朝(zhāo)之患(huàn)也。乃若所忧则有之:舜(shùn),人也;我,亦人也。舜为法[7]于天下,可传于后世。我由未免为乡人也,是则可忧也。忧之如何?如舜而已矣。若夫君子所患则亡矣。非仁无为也,非礼无行也。如有一朝(zhāo)之患,则君子不患矣。"

 注释经典

　　[1]横逆:蛮横无理。

　　[2]此物:指"横逆"。

　　[3]奚宜:怎么应当。

　　[4]由:通"犹"。下文"我由未免为乡人也"中的"由"也通"犹"。

　　[5]择:区别。

　　[6]难:责难。

　　[7]法:楷模。

雅译经典

　　孟子说:"君子与普通人不同,是因为君子的理想不同。君子的理想是仁,是礼。仁爱的人爱他人,礼让的人敬他人。爱他人的人,他人也会长久地爱他;敬他人的人,他人也会长久地敬他。假设有人对我蛮横无理,如果是君子必定反躬自问:我一定不仁,一定无礼吧?不然,他怎么会对我如此呢?如果反躬自问,发现自己已经做到了仁和礼,但那人仍然蛮横无理,如果是君子,必定再次反躬自问:我对他一定还没有做到尽心竭力吧?如果反躬自问,发现自己已经尽心竭力了，但那人还继续蛮横无理，君子就会说：'这人不过是个狂人罢了。这样的人和禽兽有什么区别呢？而对禽兽又有什么可责难的呢？'所以，君子有终身的忧虑，但没有一朝一夕的祸患。说起忧虑：舜是人；我也是人。舜是天下的楷模，声名传于后世。而我不过是一个普通人而已，这才值得忧虑。忧虑又能如何呢？那就应该像舜一样去努力。至于君子所忧应该没有。不仁的事不做，无礼的事不做。即使一朝有患，但君子无患。"

 作者简介

孟子（约前372—约前289），名轲，字子舆，邹（今山东邹城）人。孟子是孔子之孙孔伋（jí）的再传弟子，相传他是鲁国姬姓贵族公子庆父的后裔（yì），父名激，母仉（zhǎng）氏。

孟子是战国时期伟大的思想家、教育家，儒家学派的代表人物，与孔子并称"孔孟"，被后世尊称为"亚圣"。

在政治上，孟子主张法先王、行仁政；在学说上，他推崇孔子，反对杨朱、墨翟（dí）。他主张仁政，提出"民贵君轻"的民本思想。孟子游历于齐、宋、魏、鲁诸国，效法孔子推行自己的政治主张，前后历时二十多年。《孟子》是记录孟子言行的著作，属先秦语录体散文集，共七篇。一般认为，《孟子》由孟子及其弟子万章、公孙丑等人共同编著完成。

拓展篇

岳阳楼记（节选）

〔宋〕范仲淹

不以物喜，不以己悲。居庙堂之高则忧其民，处江湖之远则忧其君。是进亦忧，退亦忧。然则何时而乐耶（yé）？其必曰"先天下之忧而忧，后天下之乐而乐"乎。

浪淘沙（把酒祝东风）

〔宋〕欧阳修

把酒祝东风，且共从容。垂杨紫陌洛城东。总是当时携手处，游遍芳丛。

聚散苦匆匆，此恨无穷。今年花胜去年红。可惜明年花更好，知与谁同？

水调歌头（明月几时有）

〔宋〕苏轼

丙辰中秋，欢饮达旦，大醉，作此篇，兼怀子由。

明月几时有？把酒问青天。不知天上宫阙（què），今夕是何年。我欲乘风归去，又恐琼楼玉宇，高处不胜寒。起舞弄清影，何似在人间。

转朱阁，低绮（qǐ）户，照无眠。不应有恨，何事长向别时圆？人有悲欢离合，月有阴晴圆缺，此事古难全。但愿人长久，千里共婵娟。

感悟篇

民之于仁　铁汉柔情
——读《民之于仁》有感

卢雪梅

仁，是孔子的最高道德理想。孔子云："民之于仁也，甚于水火。水火，吾见蹈而死者矣，未见蹈仁而死者也。"意思是说：人民对于仁德、仁爱的需求，比对于水火的需求更加迫切。我见过有人不幸陷入水火而死亡的，但是没有见过人民沐浴在仁爱之中而死亡的。参观了喀什班超城之后,这种感触就更加深刻。

揣着一颗敬畏的心,怀着一份仰慕的情,2019年8月19日早10时,我终于来到了喀什班超城,即古疏勒国王宫原址,瞻仰了意气风发的班超雕像,目睹了36名勇士坚毅挺拔的身姿。环顾班超投笔从戎、征服疏勒国的巨幅群雕,敬慕之情油然而生。

班超(32—102),字仲升,今陕西咸阳东北人,东汉时期著名的军事家、外交家。班超饱读诗书,才思敏捷,口齿伶俐,智勇双全。在两次出使西域期间,他杀伐果敢、作战勇猛、刚柔并济、有胆有识,出手不凡而威震匈奴,最终使西域50多个小国闻风丧胆,心悦诚服,尽归东汉;使泱泱中华边疆稳固,国泰民安,万邦来朝。

古疏勒国(今喀什)是古丝绸之路上的重镇,是东西交往的咽喉。当时由于北匈奴实力强大,龟兹(qiūcí)国投靠了匈奴,并窃取了疏勒政权,老疏勒国王被杀,丝绸之路无法全线贯通。为重新打通丝绸之路,恢复中原与西域的正常往来,汉朝皇帝派班超为特使前往西域,平息叛乱,安定边疆。

班超奉命到达疏勒国之后,高瞻远瞩,运筹帷幄,审时度势。他不动声色,从容淡定地站在人群中间,在敌人毫无防备的情况下,派勇士以迅雷不及掩耳之势,把利刃架在匈奴特使的脖子上,第一时间控制了局势。随后,他宣圣旨、亮身份,对匈奴特使动之以情,晓之以理,恩威并施,最终瓦解了疏勒国的匈奴势力。

班超以疏勒百姓的利益为重,以西域和谐稳定的大局为重,重新拥立老疏勒国王的侄儿为新国王。他要求新国王热爱百姓,以仁爱治国;他倾听民意、关注民生,积极从中原引进先进的农耕技术,并亲自到田间地头,手把手教百姓使用新式农具;他带领百姓发展农业生产、扩大牛羊畜牧养殖,引导百姓读书识字,教育百姓讲究文明礼仪,把中原文明传入西域。在他的文治武功、亲力亲为下,疏勒百姓远离战争,远离困苦,团结和睦,安居乐业。

东汉章帝建初元年(76),章帝调班超回洛阳任职。疏勒百姓闻讯,怕汉使走后,匈奴卷土重来,纷纷拖家带口前来阻拦班超回京,周边于阗(tián)等地百姓听说班超即将离任都痛哭流涕。百姓们哭着对班超说:"我们依靠汉使就像孩子依靠父母一样,您实在走不得啊!"说完,百姓们抱住马腿,不让班超回去。

铁汉也有柔情,班超流泪了,他与百姓们相拥而泣。最后,为了他热爱的西域百姓,为了边疆的祥和安宁,他舍弃了"小家",义无反顾地坚守了下来。因忠勇可嘉、战功赫赫,和帝永元七年(95),班超被封为定远侯。永元十四年(102),71岁的班超因积劳成疾、重病缠身返回洛阳,同年与世长辞。

"民之于仁也,甚于水火。"班超是孔子仁爱学说的倡导者、践行者。他热爱大汉,为使大汉子民安乐祥和,他义无反顾地投笔从戎,为国戍边;他热爱西域,更热爱西域的百姓,他在西域广施仁德,让动荡中的百姓沐浴在仁爱之中,百姓视他为亲人,他与百姓心连心。

班超一生有31年驰骋(chěng)于西域,以过人的智慧和非凡的勇气纵横捭阖(bǎihé),以极其微弱的36人兵力稳定了祖国最辽阔的边疆,为他热爱的西域百姓拼搏出了和谐安宁的生活环境。他手持使节,贫贱不移、富贵不淫、威武不屈,一生致力于戍边、稳边、固边,把一生最美好的年华献给了壮美的西域。向西域戍边、稳边、固边第一人班超致敬!

2019 年 8 月 19 日

仁者爱人　医者仁心
——读《仁者爱人》有感

卢雪梅

今日是冬至,早晨第一节大学语文课,我与同学们共同诵读了孟子的《仁者爱人》,讲到大爱无疆时,特意给同学们讲述了"医圣"张仲景仁者爱人的感人事迹;中午在餐厅带着同学们一起包饺子,边包饺子,边给更多的同学普及了张仲景与冬至饺子的故事,感悟良多。

相传,饺子最早是"医圣"张仲景发明的。张仲景为官时,常为百姓除疾医病,深得百姓爱戴。后来他辞官返乡,发明了饺子。

张仲景辞官返乡时正值严冬,天气非常寒冷,许多百姓的耳朵冻烂了。一路上看到百姓们烂着耳朵仍在辛勤劳作,他非常心痛,决定救助他们,于是发明了祛寒娇耳汤。祛寒娇耳汤的做法如下:首先,把羊肉、辣椒和一些祛寒的药材放在大锅里煮熟;其次,把煮熟的碎料做成馅料;再次,把馅料包入面饼里,并特意将面饼包成耳朵状,像"娇耳",意为吃"娇耳"治烂耳朵,吃"娇耳"不冻耳朵;最后,将娇耳煮熟,连汤带"娇耳"一起让百姓服用。百姓连续吃了一段时间"娇耳"后,耳朵不烂了。后来人们为了纪念张仲景,便将这种能够治愈烂耳朵的食物叫作"饺耳"或"饺子"。

孟子云:"爱人者,人恒爱之。"意思是说:爱他人的人,人们也会长久地爱他。张仲景热爱百姓,百姓也世世代代爱戴他。今天又是冬至,我带着同学们在欢声笑语中包着羊肉馅的饺子,吃"娇耳"不冻耳朵,就是对仁爱之人张仲景最好的纪念。

吃着饺子,感念着张仲景,感念着张仲景的医者仁心,感念着张仲景为后世子孙留下了宝贵的饮食文化和善良仁爱的中华美德。中华民族饱经风雨,却能屹立数千年不倒,就在于我们守住了中华优秀传统文化,守住了中华民族的根和魂。今天,我们带着后辈包饺子,就是要让他们了解我们优秀的传统文化,了解善良仁爱、上善若水的优秀民族品格,了解在艰难困苦中自强不息、坚忍不拔、奋发有为的民族精神。

在张仲景那个年代,百姓吃"娇耳"是奢望;而在今天,吃饺子已经成为家常便饭。尤其是改革开放40年以来,龙的传人敢教日月换新天,国家经济高速发展,亿万百姓幸福安康。作为改革开放之初的少先队员、改革开放历程的亲历者和见证人,我由衷地为祖国巨龙腾飞而骄傲。厉害了,我的国!

在这美丽冬至、幸福冬至,为百姓鞠躬尽瘁的张仲景一定又在为百姓的衣食冷暖和身心健康担忧。请你在微笑中安息吧,再不要为百姓冻耳朵担忧了。因为现在的中国,百姓早已不用在寒风中沿街乞讨,城乡早已看不见烂耳朵的人,百姓生活有保障,看病有医保,中华儿女烂耳朵的时代已经一去不复返了!

2018 年 12 月 22 日

主题二　亲民爱民

品读篇

仓廪实则知礼节

 **导读经典**

　　本文出自《管子·牧民·国颂》。管仲出任齐相后,关心百姓疾苦,重视民心民意,对齐国的经济、政治和军事进行了大刀阔斧的改革。他认为百姓"知礼节""知荣辱"的前提必是"实仓廪""足衣食"。

　　在管仲实仓廪、足衣食的正确思想指导下,齐国货物流通、财富积聚,人民生活富裕,礼仪得到弘扬,国富民强,万众一心。齐桓公九合诸侯,一匡天下,成为"春秋五霸"之一。

品读经典

　　凡有地牧[1]民者,务[2]在四时[3],守在仓廪(lǐn)[4]。国多财,则远者[5]来,地辟[6]举[7],则民留处[8];仓廪实,则知礼节;衣食足,则知荣辱;上[9]服度[10],则六亲[11]固;四维[12]张,则君令行。

注释经典

　　[1]牧:治理。

　　[2]务:注重、致力。

　　[3]四时:本意为四季,这里指春耕夏种等农事。

　　[4]仓廪:储放粮食的仓库。廪:米仓。

　　[5]远者:远方的人,指其他诸侯国的人。

[6]辟:开辟、开垦。

[7]举:尽、全。

[8]留处:留下、安居。

[9]上:君王。

[10]服度:衣食用度符合法度。服:合于、遵守。

[11]六亲:血缘关系较近的亲属,一般指父、母、兄、弟、妻子、子女。

[12]四维:礼义廉耻。维:准则。

 雅译经典

　　凡是一个国家的君主,必须致力于四时农事,确保粮食储备。国家财力充足,远方的人们就会自动迁来;荒地开发得好,本国人民就能安居乐业;粮仓充实,人们就知道礼节;衣食富足,人们就懂得荣辱;君主的用度合乎法纪,六亲就会团结和谐;四维发扬,君令就能贯彻推行。

 作者简介

　　管仲(约前723—前645),姬姓,管氏,名夷(yí)吾,字仲,谥(shì)“敬”,颍(yǐng)上人,周穆王的后代,春秋时期法家代表人物,是中国古代著名的经济学家、哲学家、政治家、军事家,被誉为“法家先驱”“圣人之师”“华夏文明的保护者”“华夏第一相”。

　　齐僖(xī)公三十三年(前698),管仲开始辅佐公子纠。齐桓公元年(前685),管仲任齐相,被尊称为“仲父”。管仲在任期间大兴改革,富国强兵,强齐图霸,辅佐桓公九合诸侯并礼让天下,开法家先驱。相传,其编纂(zuǎn)有《管子》。齐桓公四十一年(前645),管仲病逝。

捕 蛇 者 说

〔唐〕柳宗元

 导读经典

　　本文是唐代著名文学家柳宗元的散文名篇。作者通过捕蛇者蒋氏甘愿冒着死亡威胁捕捉毒蛇的自述,反映了中唐时期劳动人民的悲惨生活,揭露了封建统治阶级对劳动人民的残酷压迫和剥削。

　　作者巧用对比,抓住蛇毒与苛政之毒的联系,以毒蛇之毒来衬托赋税之毒,表达了作者对劳苦大众的深切同情,对苛政猛于虎残暴统治的强烈愤恨。

 品读经典

　　永州[1]之野产异蛇,黑质而白章,触草木尽死;以啮(niè)人,无御之者。然得而腊(xī)之以为饵[2],可以已大风、挛(luán)踠(wǎn)、瘘(lòu)、疠(lì)[3],去死肌,杀三虫[4]。其始,太医以王命聚之,岁赋其二。募有能捕之者,当其租入。永之人争奔走焉。

　　有蒋氏者,专其利三世矣。问之,则曰:"吾祖死于是,吾父死于是,今吾嗣(sì)为之十二年,几(jī)死者数(shuò)矣。"言之,貌若甚戚(qī)者。余悲之,且曰:"若毒之乎? 余将告于莅(lì)[5]事者,更(gēng)若役,复若赋,则何如?"蒋氏大戚,汪然出涕,曰:"君将哀而生之乎? 则吾斯役之不幸,未若复吾赋不幸之甚也。向吾不为斯役,则久已病矣。自吾氏三世居是乡,积于今六十岁矣。而乡邻之生日蹙(cù),殚(dān)其地之出,竭其庐之入。号(háo)呼而转徙,饥渴而顿踣(bó)[6]。触风雨,犯寒暑,呼嘘(xū)毒疠,往往而死者,相藉(jiè)也。曩(nǎng)[7]与吾祖居者,今其室十无一焉。与吾父居者,今其室十无二三焉。与吾居十二年者,今其室十无四五焉。非死则徙尔,而吾以捕蛇独存。悍吏之来吾乡,叫嚣乎东西,隳(huī)[8]突乎南北;哗然而骇(hài)者,虽鸡狗不得宁焉。吾恂恂(xún)[9]而起,视其缶(fǒu),而吾蛇尚存,则弛然而卧。谨食(sì)之,时而献焉。退而甘食其土之有,以尽吾齿。盖一岁之犯死者二焉,其余则熙熙而乐,岂若吾乡邻之旦旦有是哉!今虽死乎此,比吾乡邻之死则已后矣,又安敢毒耶?"

余闻而愈悲,孔子曰:"苛政猛于虎也!"吾尝疑乎是,今以蒋氏观之,犹信。呜呼!孰知赋敛之毒有甚[10]是蛇者乎!故为之说,以俟(sì)夫观人风[11]者得焉。

 注释经典

[1]永州:故址在今湖南省永州市零陵区。

[2]腊:风干。饵:药品。

[3]挛踠:肢体僵曲。瘘:脖颈肿大的病。疠:恶疮、麻风。

[4]三虫:寄生虫。

[5]莅:管理。

[6]顿踣:困顿跌倒。

[7]曩:从前。

[8]隳突:破坏、骚扰。

[9]恂恂:小心谨慎的样子。

[10]甚:厉害、严重。

[11]人风:民风。

雅译经典

永州的野外出产一种奇特的蛇,它有着黑色的底子、白色的花纹。如果这种蛇碰到草木,草木将全部干枯而死;如果咬了人,人将无法抵御。然而人们捉到蛇后把它晾干,则可做药引,可以用来治愈麻风、手脚蜷曲、脖子肿、恶疮,去除坏死的肌肉,杀死人体内的寄生虫。起初,太医用皇帝的诏令来征集这种蛇,每年两次。如果招募到能够捕捉这种蛇的人,可以用蛇去抵赋税。永州的人都争着去做这件事。

有个姓蒋的人家,享有这种好处已经三代了。我问他,他却说:"我的祖父死在捕蛇这件差事上,我的父亲死在捕蛇这件差事上,我继承祖业干这差事已有十二年了,好几次也险些丧命。"他说这番话时,神情很忧伤。

我很同情他，就说："你怨恨这差事吗？如果怨恨，我可以告诉管理政事的人，让他更换你的差事，恢复你的赋税，怎样呢？"

蒋氏听了更加悲伤，满眼含泪地说："你是哀怜我，使我活下去吗？然而我干这差事的不幸，远比不上恢复我缴纳赋税的不幸。假设我不干这件差事，早就困苦不堪了。我家三代居住在这里，累计已经六十年了。可是乡邻们的生活一天比一天窘迫，他们把地里产出的东西全拿出来，把家里所有的收入尽数交赋税仍不够，只得号啕痛哭，辗转逃亡，因饥渴倒在地上。他们一路上顶着狂风暴雨，冒着严寒酷暑，呼吸着毒气，一个接一个地死去，常常是死人压着死人。从前与我祖父同住在这里的乡亲，现在十户当中难得有一户了。从前与我父亲同住在这里的乡亲，现在十户当中难得有两三户了。从前与我同住了十二年的乡亲，现在十户当中难得有四五户了。那些乡亲不是死了就是迁走了，可是我却凭借捕蛇这件差事独活下来。那些凶暴的官吏下乡，到处叫嚣，四处骚扰，那种喧嚣扰民的气势，不要说人，即使鸡犬也不得安宁啊。每当此时，我便小心翼翼地起来，看看我的瓦罐，我的蛇还在，我就能放心地躺在床上休息了。我小心地喂养蛇，到了规定的时间把它献上去，回家后有滋有味地吃着田地里出产的东西，来度过我的余年。捕蛇，一年当中冒死的情况只有两次，其余时间我都可以快快乐乐地过日子，哪像我的乡邻们天天都有死亡的威胁。现在即使我死在这件差事上，与我的乡邻相比，我已经死在他们后面了，又怎么敢怨恨捕蛇这件差事呢？"

我听着蒋氏的诉说，越听越悲伤，孔子说："严苛的统治比老虎还要凶猛啊！"我曾经怀疑过这句话，现在以蒋氏的遭遇来看，我信了。唉！谁知道苛捐杂税的毒害比毒蛇的毒害更厉害呢！所以我写了这篇文章，以期待那些朝廷派来考察民情的官吏能从中获取相关资料。

 作者简介

柳宗元(773—819)，字子厚，祖籍河东郡(今山西省运城市永济、芮城一带)，世称"柳河东""河东先生"。因官终柳州刺史，又称"柳柳州"。唐代著名文学家、哲学家、散文家和思想家。

柳宗元与韩愈共同倡导唐代古文运动，并称为"韩柳"，与刘禹锡并称为

"刘柳",与王维、孟浩然、韦应物并称为"王孟韦柳"。柳宗元一生留有诗文作品 600 余篇,文的成就大于诗。其散文笔锋犀利,讽刺辛辣,论说性强,成就较高。柳宗元著有《河东先生集》。

拓展篇

琵 琶 行

〔唐〕白居易

　　元和十年,予左迁九江郡(jùn)司马。明年秋,送客湓浦(pénpǔ)口,闻舟中夜弹琵琶者,听其音,铮(zhēng)铮然有京都声。问其人,本长安倡(chāng)女,尝学琵琶于穆、曹二善才,年长(zhǎng)色衰,委身为贾(gǔ)人妇。遂(suì)命酒,使快弹数曲。曲罢悯(mǐn)然,自叙少小时欢乐事,今漂沦(piāolún)憔悴(qiáocuì),转徙(zhuǎnxǐ)于江湖间。予出官二年,恬(tián)然自安,感斯人言,是夕始觉有迁谪(zhé)意。因为长句,歌以赠之,凡六百一十六言,命曰(yuē)《琵琶行》。

　　浔阳江头夜送客,枫叶荻(dí)花秋瑟(sè)瑟。
　　主人下马客在船,举酒欲饮无管弦。
　　醉不成欢惨将别,别时茫茫江浸(jìn)月。
　　忽闻水上琵琶声,主人忘归客不发。

　　寻声暗问弹者谁,琵琶声停欲语迟。
　　移船相近邀(yāo)相见,添酒回灯重(chóng)开宴(yàn)。
　　千呼万唤始出来,犹抱琵琶半遮面。
　　转轴(zhóu)拨弦三两声,未成曲调先有情。
　　弦弦掩抑声声思,似诉平生不得志。

低眉信手续续弹,说尽心中无限事。

轻拢慢捻(niǎn)抹(mǒ)复挑(tiǎo),初为霓裳(nícháng)后六幺。

大弦嘈(cáo)嘈如急雨,小弦切切如私语。

嘈嘈切切错杂弹,大珠小珠落玉盘。

间(jiān)关莺语花底滑,幽(yōu)咽(yè)泉流冰下难。

冰泉冷涩弦凝(níng)绝,凝绝不通声暂歇。

别有幽(yōu)愁暗恨生,此时无声胜有声。

银瓶乍破水浆迸(bèng),铁骑突出刀枪鸣。

曲终收拨当心画,四弦一声如裂帛(bó)。

东船西舫(fǎng)悄(qiǎo)无言,唯见江心秋月白。

沉吟放拨插弦中,整顿衣裳起敛容。

自言本是京城女,家在虾蟆(háma)陵下住。

十三学得琵琶成,名属教(jiào)坊第一部。

曲罢曾教(jiào)善才服,妆成每被秋娘妒。

五陵年少争缠头,一曲红绡(xiāo)不知数。

钿(diàn)头银篦(bì)击节碎,血色罗裙翻酒污。

今年欢笑复明年,秋月春风等闲度。

弟走从军阿姨死,暮去朝(zhāo)来颜色故。

门前冷落鞍马稀,老大嫁作商人妇。

商人重利轻别离,前月浮梁买茶去。

去来江口守空船,绕船月明江水寒。

夜深忽梦少年事,梦啼妆泪红阑(lán)干。

我闻琵琶已叹息,又闻此语重(chóng)唧(jī)唧。

同是天涯沦落人,相逢何必曾相识。

我从去年辞帝京,谪居卧病浔阳城。

浔阳地僻无音乐,终岁不闻丝竹声。

住近湓江地低湿,黄芦(lú)苦竹绕宅生。

其间旦暮闻何物,杜鹃啼血猿哀鸣。

春江花朝(zhāo)秋月夜,往往取酒还独倾。

岂无山歌与村笛,呕哑嘲哳(ōuyā－zhāozhā)难为听。

今夜闻君琵琶语,如听仙乐(yuè)耳暂明。

莫辞更(gèng)坐弹一曲,为君翻作琵琶行。

感我此言良久立,却坐促弦弦转急。

凄(qī)凄不似向前声,满座重(chóng)闻皆掩泣。

座中泣下谁最多,江州司马青衫湿。

悯农·其一

〔唐〕李绅

春种一粒粟,秋收万颗子。
四海无闲田,农夫犹饿死。

潍县署中画竹呈年伯包大中丞括/墨竹图题诗

〔清〕郑 燮

衙斋卧听萧萧竹,疑是民间疾苦声。
些小吾曹州县吏,一枝一叶总关情。

感悟篇

幸福万年长

——读《仓廪实则知礼节》有感

卢雪梅

管仲是"华夏第一相",是"华夏文明的保护者"。每当品读他的《管子·牧民·国颂》时,我都会被他亲民、爱民、怜民、惜民的思想感动。他提倡发展生产,提高百姓物质生活水平;他强调"仓廪实则知礼节,衣食足则知荣辱",即百姓的粮仓充实了就知道礼节,丰衣足食了就懂得荣辱;他坚持在保证物质文明的基础上发展精神文明,就是在百姓不饿肚子、吃饱饭的情况下,与百姓谈理想、谈人生、谈荣辱、谈爱国。

今天是 2022 年元旦,在有幸参观了欣欣向荣、欢乐祥和的昌吉屯河生态河谷冰雪景观之后,我对管仲实事求是、爱民亲民的治国思想便有了更加深刻的理解。屯河生态河谷中冰雪大世界的灿烂辉煌、冰上少年为国争光的远大理想、各族百姓对幸福生活的憧憬(chōngjǐng)向往,都进一步证明管仲"仓廪实则知礼节"的美好理想,无论是在遥远的古代还是在日新月异的今天,都有着非常重要的现实意义,真可谓真理的火焰必将照亮理想的天空,光照万年。

2021 年入冬以后,新疆北疆沿天山一带大雪不断,瀚(hàn)海万重波,天山千里雪。位于天山脚下、地势低洼的昌吉屯河河谷在皑(ái)皑白雪中,银装素裹,分外妖娆。屯河河谷是乌鲁木齐以西体验壮美新疆的第一门户,距乌鲁木齐市约 33 千米,距昌吉市约 5 千米,东与乌鲁木齐市接壤(rǎng),西与新疆大剧院相连,南起头屯河农场,北至五一农场,南北总长约 26 千米。屯河河谷积雪深厚,河道宽阔,交通便利,地理位置优越,是打造冰雪景观带的绝佳场地。

为助力北京冬奥会,促进冰雪运动,自 2021 年 10 月起,昌吉市以狭长的屯河雪谷为基础,邀请关内外能工巧匠 1000 余人,投入资金 2000 余万元,使用冰雪 8 万余立方米,开始打造冰雪大世界景观带。景观带占地 300 余亩,设有"冰雪炫昌吉·庭州展新颜""金牛辞旧岁·寅虎贺新""乐享云天外·融情欢乐谷""筑梦迎冬奥·一起向未来"四大主题展区,展区内有大型冰雕、雪雕、花灯等冰雪作品 120 余件。2021 年 12 月 31 日,以"庭州献礼·圆梦冬奥"为主题的新疆昌吉冰雪节隆重开幕。

傍晚时分,华灯初上,山南山北雪莹,千里万里月明。一轮清月高高地悬挂在黑色的天幕上,把淡淡的清辉洒遍大地;深邃(suì)辽远的天空上繁星点点、闪闪烁烁,给夜幕笼罩下的屯河雪谷带来几分神秘。天山雪后北风寒。虽未到三九寒天,因昼夜温差大,加之西北风凛冽,天气还是较为寒冷。但是寒冷的天气,丝毫不影响新疆人对冰雪的热爱,冰雪河谷熙熙攘攘、游人如织。人流比较聚集、参与者及围观者较多的当属冰雪运动区,只见亮晶晶的冰场上,冰雪健儿风驰电掣,滑冰者以青少年居多,小的六七岁,大的十五六岁,他们都猫着腰、背着手、踩着冰刀,轻盈自如地一圈又一圈,在辽阔的冰场上盘旋纵横、脚下生风,赢得观众阵阵掌声。看着孩子们矫健的身姿,一位滑冰教练骄傲地说:"这群孩子中有好几个都要去参加国家队选拔赛,都想着为国争光呢。"是啊,少年有理想,国家有希望,少年强则国强。

沿着冰场往南走,游戏娱乐区人头攒(cuán)动,更是热闹非凡。只见成群结队的游乐者一个抱着一个的腰,正在滑坚冰雕成的巨型冰滑梯,"嗖"的一声,所有人都顺势而下,自娱自乐,好不快活。巨型冰滑梯周围开阔的雪地上,雪地摩托、雪地自行车、冰上足球、冰上铁环、冰上呼啦圈等项目技术含量低,危险系数小,老少皆宜,参与者众多……明月照积雪,朔风正强劲。呼啸的西北风像刀割在人们脸上,天寒地冻,寒气逼人,但是屯河雪谷依旧回荡着欢声笑语。

冰雪主题展区是冰雪节的压轴大戏,灯火璀璨(cuǐcàn),精彩纷呈。冰雕作品主要有《马踏飞燕》《莲花出冰城》《天坛冰塔》《石榴花开》等,其中最有寓意、最有诗意、最有特色的便是《石榴花开》了:坚实的棕褐色的底盘牢牢地扎根于雪地之上,底盘上镶嵌着金黄色的裙边儿,裙边儿以上是椭圆形的巨大"石榴","石榴"从腹部到颈部色泽通红、耀眼夺目;再往上看,"石榴"稍有点儿凹进去的脖颈处系着一条金黄色的丝带，飘飘洒洒、翩（piān）然起舞。《石榴花开》做工精巧，鲜艳欲滴，造型大气，寓意深刻，象征着56个民族亲亲热热是一家，红红火火建设美丽中华。

雪雕作品主要有《冰雪韵昌吉》《筑梦迎冬奥》《寅虎贺新春》《温柔雪乡》《凤凰展翅》《巨龙腾飞》等，其中最让人移不开眼、最壮观、最有气势的是《巨龙腾飞》：一条长度约10米、嘴里含着龙珠、俊秀挺拔、蜿蜒（wānyán）曲折的"巨龙"正以巨大的力量翻转云海、腾云驾雾，它角似鹿、头似狮、眼似豹、身似蛇、掌似虎、爪似鹰、须似鲶、嘴似鳄、鳞似鱼，呼风唤雨。最令人惊叹的是"巨龙"身上的鱼鳞片，每一片都是立体的、张开的、游动的、飞舞的、意气风发的，栩栩如生。望着这美丽的、充满活力的、令人骄傲的中华民族的图腾，我情不自禁地哼唱起《龙的传人》："巨龙脚底下我成长，长成以后是龙的传人。黑眼睛黑头发黄皮肤，永永远远是龙的传人。"是啊，黑眼睛黑头发黄皮肤的中华儿女永远都是龙的传人。

雪雕作品中最让百姓兴奋、最激动人心、最闪光的当属《万里江山图》了。作品首先勾勒了连绵起伏的壮美群山和奔腾不息的长江黄河；接着雕刻了山河之上坚毅、勇敢、笃定、众志成城的各族儿女；最后在作品正中洁白的丰碑上雕刻有红彤彤的大字"江山就是人民，人民就是江山"。是啊，新中国成立以来，中国共产党始终牢记人民是国家的根基、人民是中国共产党的生命之源和全心全意为人民服务的宗旨，领导全国人民不畏艰险、砥砺（dǐlì）奋进，终于实现了国泰民安、国富民强、四海同音、万众一心。今日之盛世中华，人民有信仰，国家有力量，民族有希望。

丰硕是金秋的向往，绿洲是沙漠的向往，春风是寒冬的向往，雨露是大地的向往。仓廪实则知礼节，衣食足则知荣辱，丰衣足食安居乐业，是中华民族几千年的向往。今天，这美丽的向往已经变为现实。谢谢你，敬爱的齐相管仲，因为是你，让中华民族在两千年之前，就拥有着人世间最美好的理想。

愿我们的人民永远像今天这样，如意吉祥、喜气洋洋；愿我们的国家永远像今天这样，团结进步、幸福万年长！

2022年1月1日

一枝一叶总关情

——读《墨竹图题诗》有感

卢雪梅

郑板桥的《墨竹图题诗》，我最喜欢读的一句就是"一枝一叶总关情"。今天参观了叶城县邓缵（zuǎn）先纪念馆，对《墨竹图题诗》又有了新的认识。

喀什是广东省援疆对口地区，广东对喀什倾注了巨大心血。喀什地区的许多城市、乡村留有广东痕迹，叶城县邓缵先纪念馆就是在广东省援疆指挥部助推下修建完成的。

近年来，广东省派出大批优秀干部援疆，援疆干部都会自豪地称喀什为第二故乡。但是有一位广东县级干部，他在1914年就不远万里主动援疆了。他把喀什当成故乡，足迹遍布喀什大地，他就是广东援疆干部第一人，担任过新疆叶城、疏附、墨玉、莎车、巴楚五县知事（县长）的邓缵先先生。

邓缵先先生1868年出生，是今广东省河源市紫金县人。1914年9月，邓缵先应北京内务部第三届县知事试验，取列乙等。他怀揣"年逾五十不为老，壮年出塞戍边垣"的人生理想，受政府派遣西出阳关，一路跋山涉水，历时8个月来到新疆，守边18年。18年间，他曾先后在迪化（乌鲁木齐）、乌苏、叶城等地担任知事、稽（jī）税官等职。为官期间，他兴修水利、灌溉农田，教百姓造水车、制农具，亲民爱民，深受百姓爱戴。1933年在巴楚担任县长期间，因当地发生暴乱，邓缵先以身殉国。

邓缵先先生博学经史，尤工诗词，是位优秀的诗人，为新疆写下了《于阗采花曲》《出关》等不朽诗篇。他还是位优秀的作家，为新疆留下了《叶城县志》《叶迪纪程》等史料笔墨。1962年，中印边境发生战事，邓缵先先生所作《叶城县志》中的边情报告成为国家领土之争的重要依据。从此，邓缵先先生在沉寂多年之后再度为世人所知。

邓缵先纪念馆占地3062平方米，以清代衙门建筑风格为主调，复原了当年建筑风貌。纪念馆设前厅、亲民堂、宅厅三厅，前院是"爱国情结瞻仰区"，后院是"高风亮节品鉴区"。其中最令人难忘的是宅厅，因其真实还原了邓缵先先生当年的生活场景。步入卧室，映入眼帘的是一张旧床，床上挂着一顶破旧的蚊帐，干硬的床板上铺着粗布旧床单；进入厨房，一眼看到的是靠墙而砌的有两个烧火口的农村泥巴大土灶，土灶上架着两口大铁锅，大铁锅上盖着木制大锅盖，土灶边堆放着干柴，土灶后边是旧式长条餐桌……无一样值钱物件，无一样当时的先进家什，邓缵先的一切都普普通通，普通得如同农民。

参观完先生学习、工作、生活过的地方，我感慨良多，脑海里浮现的都是先生亲民、爱民、敬业、朴实、清廉、节俭的公仆形象。"衙斋卧听萧萧竹，疑是民间疾苦声。些小吾曹州县吏，一枝一叶总关情。"郑板桥说：在衙门休息的时候，听见竹叶萧萧作响，仿佛听见了百姓饥寒交迫的哀怨声。我们虽然只是州县的小官吏，但是百姓的每一件小事都牵动着我们的感情。邓缵先先生就是郑板桥笔下心里装着百姓、把他乡当故乡的优秀小吏。

邓缵先纪念馆，从爱民、清廉、信念、责任四个层面，全面展示了先生戍边守边、爱国爱疆、勤政廉政的公仆形象，也为新时代人民公仆树立了光辉榜样。丝路山海，粤喀情深，万里援疆，不负百姓。广东援疆干部的先行者、践行者邓缵先先生永垂不朽！

2019 年 8 月 22 日

第二部分 高风亮节

孟子曰:"富贵不能淫,贫贱不能移,威武不能屈。"他强调一个人要坚守自己的信仰,不论遇到什么情况都要始终如一,不改初衷。

孟子所推崇的大丈夫人格,塑造了中华民族最独特的气质,鼓舞着一代又一代中国人在筚路蓝缕中坚忍不拔,保持高风亮节,保持人格的独立与尊严;激励着一代又一代中国人在民族危亡关头,心怀天下,大义凛然,彰显了人品的高尚与纯洁。

主题一　威武不屈

品读篇

富贵不能淫

导读经典

　　本文出自《孟子·滕文公下》第二章。景春认为:公孙衍、张仪是真正的大丈夫。理由是他们一生气,诸侯们都会害怕,战乱停止、战事平息、天下太平。孟子尖锐地批驳了景春的错误言论。

　　孟子认为:公孙衍、张仪不是真正的大丈夫,真正的大丈夫应该是富贵不能淫,贫贱不能移,威武不能屈。

品读经典

　　孟子曰:"居[1]天下之广居[2],立[3]天下之正[4]位,行天下之大道[5]。得[6]志[7],与民由之[8];不得志,独行其道[9]。富贵不能淫[10],贫贱不能移[11],威武不能屈[12],此之谓[13]大丈夫。"

注释经典

　　[1]居:居住。

　　[2]居:居所、住宅。

　　[3]立:站、站立。

　　[4]正:正大。

　　[5]居天下之广居,立天下之正位,行天下之大道:(大丈夫应该)住进天下最宽广的住宅(仁),站在天下最正确的位置(礼),走着天下最正确的道路

（义）。广居、正位、大道分别喻指仁、礼、义。大道：光明的大道。

[6] 得：实现。

[7] 志：志向。

[8] 与民由之：与百姓一同遵循正道而行。由：遵从、遵循。

[9] 独行其道：独自走自己的道路。独：独自。行：固守、坚持。道：原则、行为准则。

[10] 淫：使……惑乱、迷惑。使动用法。

[11] 移：使……改变、动摇。使动用法。

[12] 屈：使……屈服。使动用法。

[13] 谓：称作、叫作。

雅译经典

孟子说："大丈夫应该住进天下最宽广的住宅，站在天下最正确的位置，走着天下最正确的道路。能够实现自己的志向时，与百姓一同遵循正道而行；不能够实现自己的志向时，就独自走自己的道路。富贵不能使他的思想迷惑，贫贱不能使他的操守动摇，威武不能使他的意志屈服，这样的人才称得上大丈夫。"

爱 莲 说

〔宋〕周敦颐

导读经典

说，是古代论说文的一种体裁。《爱莲说》选自《周元公集》，是北宋著名文学家、哲学家、理学创始人周敦颐在南康郡（今江西省庐山市）任职时所写的一篇散文。文章语言简洁优美，议论精辟隽永，以托物言志的方式表明了自己的处事原则：坚决不与世俗同流合污，做一个品德高尚的正人君子，做一位廉洁进取、受人敬重的清官。

作者将自己独爱莲花，陶渊明偏爱菊，与世人热爱牡丹的风气相对比，委婉批评了一些为官者追名逐利的恶俗世风，表达了作者希望世人洁身自好、改变不良世风的美好愿望。

 品读经典

水陆草木之花，可爱者甚蕃（fán）[1]。晋陶渊明独爱菊[2]。自李唐来，世人甚爱牡丹[3]。予独爱莲之出淤（yū）泥而不染[4]，濯（zhuó）清涟而不妖[5]，中通外直，不蔓（wàn）不枝[6]，香远益清[7]，亭亭[8]净植，可远观而不可亵（xiè）玩[9]焉。

予谓菊，花之隐逸（yì）者[10]也；牡丹，花之富贵者也[11]；莲，花之君子[12]者也。噫（yī）[13]！菊之爱[14]，陶后鲜（xiǎn）有闻[15]；莲之爱，同予者何人？牡丹之爱，宜乎[16]众矣！

注释经典

[1] 蕃：多。

[2] 晋陶渊明独爱菊：陶渊明（约365—427），名潜，字元亮，东晋浔阳（今江西九江）人，东晋著名诗人。他很爱菊花，常在诗中写菊，如"采菊东篱下，悠然见南山"。

[3] 自李唐来，世人甚爱牡丹：唐朝以来，人们很爱牡丹。李唐，指唐朝。唐朝的皇帝姓李，所以称"李唐"。世人，社会上的一般人。唐人爱牡丹，古书里有不少记载，如唐朝李肇（zhào）的《唐国史补》中说："京城贵游，尚牡丹三十余年矣。每春暮，车马若狂……种以求利，一本（一株）有直（通'值'）数万（指钱）者。"

[4] 予独爱莲之出淤泥而不染：我独爱莲花，它生长在污泥中，而不被污泥污染。淤泥：池塘积存的污泥。

[5] 濯清涟而不妖：在清水里洗过却不妖艳。濯：洗涤。清涟：水清而有微波的样子，这里指清水。妖：美丽而不端庄。

[6] 不蔓不枝：不横生藤蔓，也不旁生枝。

[7] 香远益清：香气越远越清。益：更、越。

[8]亭亭:耸立的样子。

[9]亵玩:玩弄。亵:亲近而不庄重。

[10]隐逸者:隐居的人。

[11]牡丹,花之富贵者也:牡丹是花中的"富人"。

[12]君子:道德高尚的人。

[13]噫:叹词,相当于"唉"。

[14]菊之爱:对于菊花的爱好。

[15]鲜有闻:很少听到。鲜:少。

[16]宜乎:宜,当,这里和"乎"连用,有"当然"的意思。

 雅译经典

水上陆地草本木本的花儿,有很多非常可爱。晋朝的陶渊明独爱菊花。李唐以来,人们都特别喜欢牡丹。而我呢,却独爱莲花。我喜欢它从污泥里出来却不被污染,在清水里荡涤却不妖娆;它的茎中空外直,不生藤蔓,不生旁枝;它芳香四溢,芳泽远播;它端庄俊秀,亭亭玉立。你可以从远处观赏它,却不能轻佻地去玩弄它。

我认为:菊花是花中隐士;牡丹是花中贵人;莲花是花中君子。唉!爱菊花的人,在陶渊明之后很少能听到了;而像我一样爱莲花的人还有谁呢?爱牡丹的人,当然是最多的了!

 作者简介

周敦颐(1017—1073),又名周元皓,原名周敦实,字茂叔,号濂溪,道州营道楼田保(今湖南省道县)人,世称濂溪先生。周敦颐是宋朝理学思想的开山鼻祖、文学家、哲学家,著有《周元公集》。

周敦颐所提出的无极、太极、阴阳、五行、动静、主静、至诚、无欲、顺化等理学基本概念,为后世的理学家反复讨论和发挥,构成理学范畴体系中的重要内容。

拓展篇

芙蓉楼送辛渐

〔唐〕王昌龄

寒雨连江夜入吴,平明送客楚山孤。
洛阳亲友如相问,一片冰心在玉壶。

过 零 丁 洋

〔宋〕文天祥

辛苦遭逢起一经,干戈寥(liáo)落四周星。
山河破碎风飘絮(xù),身世浮沉雨打萍。
惶(huáng)恐滩头说惶恐,零丁洋里叹零丁。
人生自古谁无死,留取丹心照汗青。

石 灰 吟

〔明〕于 谦

千锤万凿(záo)出深山,烈火焚(fén)烧若等闲。
粉骨碎身浑不怕,要留清白在人间。

感悟篇

清水出芙蓉

——读《爱莲说》有感

卢雪梅

正值暑假，再读《爱莲说》"香远益清，亭亭净植"，感想颇多，于是想着写篇随笔。正在构思之际，刚好赶上兵团五家渠市第十二届荷花节，于是便驱车前往，再品莲花风骨。

最早认识荷花是在母亲给做的红色条绒外衣上，母亲在外衣右手边缝了带花边的口袋，在左手边绣了三片葱绿的叶子，细细的枝干，带尖儿的粉色花苞。幼小的我非常喜欢母亲绣的不认识的花儿，便好奇地询问花名，母亲惋惜地说：是荷花，但是我们这儿养不活。

我的父母都是花迷，爱花、养花，更喜欢赏花。在我们小时候，因为国家整体实力有限，所以学校给老师分配的住房面积普遍较小。但是即便如此，我的父母依旧乐此不疲，尽一切可能，在能种花的地方、在各种能养花的器皿中栽花、育花，哪怕是旧的、有小窟窿的洗脸盆也不放过，照样种上仙人球。小院里、花盆里种得最多的是夹竹桃、大叶海棠、桑叶牡丹、倒挂金钟、仙人掌、月季等。虽说我们家养花久负盛名，母亲是养花达人，但是从未养过荷花，哪怕她非常喜欢。在那个遥远的年代，荷花只能在画册上、电影中观赏。我们都认为，那么高贵的花儿，只能长在江南水乡，怎么可能长在我们大漠边疆呢？

今天，我和母亲终于圆了梦想，一起来看我们喜欢的荷花。母亲特别兴奋，高兴地说：这么高贵的花儿，终于盛开在我们新疆了，太好啦。

今年是兵团五家渠市成功举办的第十二届荷花节。2005 年以来，兵团五家渠市依托青格达湖 36 平方千米湿地资源，每年 7 月按时举办荷花节。为使荷花节上规模、上档次，本届荷花节在品种多样化上狠下功夫，新增添了 6 万余株精品荷花和水生花卉,如王莲、再力花、水生美人蕉、热带睡莲等,使荷花品种增至48个。本届荷花节共种植荷花23万余株,培植睡莲3万余株。目前,青格达湖已成为西北地区最大的荷花种植基地和荷花观赏园区。

漫步小桥,放眼凝望,青格达湖水波潋滟,莲花灼灼叶田田。静静的湖面布满了翠绿的荷叶,那一片片油绿的、硕大的叶子,有的轻轻地漂浮于湖面,有的亭亭玉立于碧波之上。宽阔的湖面,被密密麻麻的荷叶包裹得严严实实,满眼皆荷叶,满眼皆碧色,杨万里说得真好:接天荷叶无穷碧。

"菡(hàn)萏(dàn)新花晓并开,浓妆美笑面相隈。"弯弯曲曲的荷塘之上,所有的荷叶像碧绿的油纸伞,快乐地漂在水面;在宽大的绿油油的伞面上,所有的荷花都娉娉婷婷,婀娜多姿。有的刚刚伸出花蕾,似丁香姑娘清秀妩媚,含苞待放;有的正尽情地舒展着身姿,积蓄着能量,金黄色的花蕊暗香含笑,粉色的花瓣娇艳欲滴,迎风怒放。

"荷叶罗裙一色裁,芙蓉向脸两边开。"正午温暖的阳光温柔地散落在荷花池上,泛起丝丝金光。沐浴在金色阳光中,碧绿的荷叶,盛开的荷花,都显得楚楚动人。凝神远望,在荷花池中央,一朵莲花脱颖而出,清水出芙蓉,天然去雕饰。它有细细的、高高的、挺拔的枝干,粉红的、光洁的、娇嫩的花瓣,它迎着太阳,玉树临风,袅袅婷婷。母亲也看到了这遗世独立的莲花,连声喝彩:真是高贵的花儿,出淤泥而不染啊。

"予独爱莲之出淤泥而不染,濯清涟而不妖,中通外直,不蔓不枝,香远益清,亭亭净植……"意思是说:我独爱莲花,它出淤泥而不染,经清水荡涤而不妖;它中通外直,不生枝蔓,香气远播,亭亭玉立。周敦颐在《爱莲说》中,尽情赞美了莲花的高洁品格,也极大地影响了后世的人生价值观。自周敦颐以来,莲花已成为正人君子的代名词,已成为美好道德情操的象征。像莲花一样清清白白做人,已成为当代中国人自觉的精神追求。

我想,这也许就是我与母亲独爱莲花的真正原因吧。

2016年7月31日

要留清白在人间

——读《石灰吟》有感

卢雪梅

　　上小学时，我曾以稚嫩的童声领读过《石灰吟》。伴随着同学们琅琅的读书声，孩童时期的我，没有太多的感慨，有的只是对忠臣于谦的敬爱。时隔多年，再读《石灰吟》是在主题班会课上。

　　本学期学院开展了"廉政文化进校园"活动，大力倡导师生同学一篇廉政美文，同画一幅廉政漫画，同读一首廉政古诗。今天，带着同学们再读《石灰吟》，再次领略英雄朴实无华的文风，再次感受英雄超然忘我的境界，心境及感受与当年截然不同，既感慨又感动。最后在感慨、感动之余，我慷慨激昂、旁征博引、洋洋洒洒、一气呵成，给同学们上了一堂生动的廉政班会课。

　　"千锤万凿出深山，烈火焚烧若等闲。粉骨碎身浑不怕，要留清白在人间。"《石灰吟》，是一曲中华儿女"威武不能屈"的正气歌，是一部中华英雄"一片冰心在玉壶"的宣言书。几百年来，《石灰吟》以它强大的生命力，鼓舞着一代又一代中国人越是艰险越向前，气冲霄汉；《石灰吟》以它神奇的感召力，感召着一代又一代中国人敢教日月换新天，勇往直前。

　　然而，在经济飞速发展、物欲横流的今天，有些人早已忘记《石灰吟》，早已忘记要留清白在人间，早已守不住清廉。有些贪官认为"权力是手中的一张牌，有了它，可以换来大把的钞票，再去换来更大的权力，进而捞取更多的享乐"。"洪水猛于野兽，物欲甚于洪流。"这些贪官迷失了人生方向，最后只能自取灭亡。

　　清廉是中华传统美德，清廉昭示着民族气节。外面的世界很精彩，外面的世界很无奈。人生漫漫路，诱惑无处不在。学校原本是传道授业解惑的神圣殿堂，是曲径通幽的一方净土。但是，花花世界的诱惑时刻在撩拨着一些同学脆弱的神经，时刻在吞噬着一些同学空虚的心灵。在这一方净土中，一样有泥沙；在创建和谐校园的大合唱中，也一样跳跃着不和谐音符。在校园一隅,在学习之余,道德缺失、诚信缺失的现象时有发生。如每到期末发助学金时,就会有个别同学抓紧时间换手机,忘记了学生的本分;每到大小考试时,就会有个别同学铤而走险去作弊,忘记了诚信做人;每到学生会换届时,就会有个别同学私下拉选票,忘记了石灰的清廉本真……

　　唐代名臣张说《钱本草》曰:"钱味甘,大热,有毒。……能利邦国,污贤达,畏清廉。"张说的名言感人至深,振聋发聩。他引导我们做人宁可清贫,不可浊富;他启发我们自重自省,警钟长鸣;他告诫我们良药苦口利于病,忠言逆耳利于行;他教育我们始终保持清醒头脑,流水不腐,户枢不蠹(dù),清清白白做事,堂堂正正做人。

　　少年智则中国智,少年强则中国强。当代大学生是仰望天空的人,肩负着民族复兴的使命和传承中华美德的重任。作为职业院校的大学生,廉洁教育应该和职业道德、职业诚信、职业规则教育一样,成为每个大学生的岗前教育,成为每个大学生提高道德修养的必修课。只有这样,当我们离开宁静的校园,步入复杂喧嚣的社会,面对各种挑战和压力时,才能耐得住清苦,抵得住诱惑,管得住小节,守得住节操,经得起考验;才能不负先辈嘱托,不负人民厚望。

　　"粉骨碎身浑不怕,要留清白在人间。"今天,让我们再读《石灰吟》,莫忘《石灰吟》;让我们在吟咏中吐珠玉之声,让我们在谈笑间扬浩然之气,愿廉洁清风吹遍校园朗朗晴空!

2013 年 5 月 18 日

主题二 千金一诺

商鞅徙木立信

 导读经典

本文节选自《史记·商君列传》。战国时期,商鞅(yāng)在秦孝公的支持下主持变法,当时战争频发、人心惶惶。为了树立威信,推进改革,商鞅下令在都城南门外立一根三丈长的木头,并当众承诺,谁能把这根木头搬到北门,赏十金。围观的百姓都不相信做如此轻而易举的事,就能得到高额赏赐,结果没人出手。后来,商鞅把奖赏提高到五十金,重赏之下终于有人将木头搬到了北门,商鞅立即赏了他五十金。

商鞅徙(xǐ)木立信,确保了新法的顺利实施,促进了秦国的迅速崛起,为秦扫平六国奠定了坚实的基础。

品读经典

令[1]既具,未布,恐民之不信已,乃立三丈之木于国都市[2]之南门,募(mù)民有能徙[3]置北门者予十金。民怪之,莫敢徙。复曰:"能徙者予五十金。"有一人徙之,辄(zhé)[4]予五十金,以明不欺。民信之,卒(zú)下令。

令行期年,秦民之国都言新令之不便者以千数。于是太子犯法。卫鞅[5]曰:"法之不行,自上犯之。"将法太子。太子,君嗣也,不可施刑,刑其傅[6]公子虔(qián),黥(qíng)[7]其师公孙贾(gǔ)。明日,秦人皆趋令[8]。行之十年,秦民大说(yuè),道不拾遗[9],山无盗贼,家给(jǐ)人足。民勇于公战,怯(qiè)于私斗,乡邑(yì)大治。

注释经典

[1]令:指商鞅为秦孝公变更法度定制的命令。

[2]市:集市。

[3]徙:搬。

[4]辄:就。

[5]卫鞅:卫国人,姓公孙,名鞅。后因得封商地十五邑,所以又名商鞅。

[6]傅:师傅,指负辅佐责任的官员或负责教导的人。

[7]黥:古代的一种刑罚,在面额上刺字,再用墨染黑。

[8]趋令:归附、服从命令。

[9]遗:丢失的东西。

雅译经典

　　变法的条令已经准备就绪,还没有公布,(商鞅)担心百姓不相信自己,于是(命人)在都城市场南门前放置一根高三丈的木头,招募(能)搬到北门的人,赏赐十金。百姓看到后对此感到奇怪,没有人敢去搬木头。(商鞅)又说:"能搬木头的人赏五十金。"有一个人搬了木头,(商鞅)就给了他五十金,以此表明绝不欺骗。百姓相信了商鞅,于是颁布法令。

　　变法法令颁了一年,秦国百姓前往国都控诉新法不利者数以千计。这时太子也触犯了法律。商鞅说:"新法不能顺利施行,就在于上层人士带头违法。"(商鞅)打算对太子用新法,但太子是国君的继承人,不能施以刑罚,所以对他的老师公子虔处刑,另一位老师公孙贾脸上刺字,以示惩戒。第二天,秦国百姓听说了此事,都遵从了法令。新法施行十年,秦国百姓都非常高兴,秦国出现了路不拾遗、山无盗贼的太平景象,百姓勇于为国作战,不敢再行私斗,乡野城镇都得到了治理。

 作者简介

　　司马迁,生卒年不详,字子长,西汉夏阳(一说今陕西韩城,一说今山西河津)人,伟大的史学家、文学家、思想家,史学家司马谈之子。因替李陵败降之事辩解而受宫刑，受宫刑后发奋著史，完成《史记》，被后世尊称为太史公。

司马迁早年受学于孔安国、董仲舒，并漫游全国，了解风俗，采集传闻。汉武帝元封三年(前108)任太史令。司马迁以其"究天人之际，通古今之变，成一家之言"的史识，创作了中国第一部纪传体通史《史记》。《史记》被公认为中国史书的典范，记载了从上古传说中的黄帝时期到汉武帝元狩元年(前122)长达3000多年的历史，被鲁迅誉为"史家之绝唱，无韵之《离骚》"。

蔡勉旃坚还亡友财

〔清〕徐珂

 导读经典

《蔡勉旃(zhān)坚还亡友财》选自《清稗(bài)类钞·敬信》。文章讲述了以诚信为本、重诺责、敦风义的蔡勉旃，在已亡好友没有任何字据的情况下，坚决把好友生前寄放在自己家中的一千两银子送还给亡友之子，彰显了蔡勉旃人格的力量和人性的光辉，具有非常重要的现实意义。

 品读经典

蔡磷(lín)，字勉旃，吴县人。重诺责[1]，敦(dūn)风义[2]。有友某以千金寄[3]之，不立券(quàn)[4]。亡(wú)何[5]，其人亡。蔡召[6]其子至，归之。愕(è)然[7]不受，曰："嘻！无此事也，安有寄千金而无券者？且父未尝[8]语(yù)[9]我也。"蔡笑曰："券在心，不在纸。而翁[10]知我，故不语(yù)郎君。"卒(zú)辇(niǎn)[11]而致[12]之。

 注释经典

[1]诺责：诺言和责任。

[2]敦风义：重视情谊。敦：重视。风义：情谊。

[3]寄：寄存、寄放。

[4]券:书面证明。

[5]亡何:没多久。

[6]召:召唤、召集。

[7]愕然:很吃惊的样子。

[8]未尝:未曾。

[9]语:告诉。

[10]而翁:你的父亲。而:你,同"尔"。翁:父亲。

[11]辇:车子,这里是"用车子运"的意思。卒:最终。

[12]致:送还、归还。

雅译经典

蔡璘,字勉旃,吴县(今苏州市吴中区和相城区)人,很注重诺言和责任,待人诚信、忠厚、笃实。有一位朋友信任他,将一千两银子寄放在他那里,但是没有立字据。没过多久,这位朋友去世了。蔡勉旃召唤朋友的儿子过来,把银子还给他。朋友的儿子很惊讶,没有接受,说:"哎,没有这件事呀,怎么会有寄放那么多银子却不立字据的人呢?况且,我的父亲也没有告诉过我这件事呀。"蔡勉旃笑着说:"字据立在心中,不是立在纸上。你父亲很了解我的为人,所以没有告诉你。"于是便用车把银子运送到朋友儿子家中。

作者简介

徐珂(1869—1928),原名昌,字仲可,浙江杭县(今杭州市)人。光绪年间举人,后任商务印书馆编辑,1901年在上海任《外交报》《东方杂志》编辑,1911年接管《东方杂志》"杂纂部"。编有《清稗类钞》《历代白话诗选》《古今词选集评》等。

拓展篇

君 子 行

君子防未然，不处嫌（xián）疑间。

瓜田不纳履（lǚ），李下不正冠。

嫂叔不亲授，长幼不比肩。

劳谦得其柄，和光甚独难。

周公下白屋，吐哺（bǔ）不及餐。

一沐三握发，后世称圣贤。

蜀 相

〔唐〕杜甫

丞相祠堂何处寻？锦官城外柏森森。

映阶碧草自春色，隔叶黄鹂空好音。

三顾频烦天下计，两朝开济老臣心。

出师未捷身先死，长使英雄泪满襟。

复贺耦（ǒu）庚（gēng）中丞书

〔清〕曾国藩

窃以为天地之所以不息，国之所以立，贤人之德业之所以可大可久，皆诚为之也。

感悟篇

字据立在心中

——读《蔡勉旃坚还亡友财》有感

卢雪梅

《蔡勉旃坚还亡友财》选自《清稗类钞·敬信》。篇幅短小,文意易懂,在简短的文字中,充分表现出古人对待诚信与金钱的态度。

一个人一时、一事讲诚信并不难,难的是一辈子讲诚信。一辈子讲诚信固然很难,但是从古至今并不罕见,《蔡勉旃坚还亡友财》中的蔡勉旃就是讲诚信的楷模,也是后世学习、自省的榜样。

这篇小短文中的蔡勉旃以诚信著称,人们都非常敬重他的人品。因为信得过蔡勉旃,所以他的好友不立任何字据,把一千两银子存放于蔡家。

蔡勉旃的好友亡故后,蔡勉旃坚决要把一千两银子送还给亡友儿子,亡友儿子惊讶地说:"哎,没有这件事吧,怎么会有寄放那么多银子却不立字据的人呢?况且,我的父亲也没有告诉过我这件事。"蔡勉旃笑着说:"字据立在心中,而不是立在纸上。你父亲很了解我的为人,所以没有告诉你。"于是,他用车把钱运送到亡友儿子家中。

是啊,字据固然很重要,但是一个人的人品胜过千金。蔡勉旃诚信做人的故事,无论在古代还是当下都具有非常重要的意义。

诚信是立身之本,是齐家之道,是交友之基,是公民道德规范的基本要求,是中华民族的优良传统。见利忘义,历来为人们所不齿。蔡勉旃坚守诚信,见利不忘义,其优秀品德令人称道。古人尚能以诚为本,诚信做人,在社会经济高速发展的今天,我们当代人又做得如何呢?

如今在我们的社会生活和经济生活中,高风亮节、以诚为本、品德高尚者大有人在。但是,狐假虎威、巧言令色、失诚失信者也屡见不鲜。如假冒伪劣、缺斤短两、商业欺诈、坑蒙拐骗……各种不讲诚信、不讲道德、不守规矩的人和事,严重冲击着社会秩序,腐蚀着人们的灵魂,影响了人们对事物是非曲直的判断,损害了中华民族的整体形象。公民道德水准的修复迫在眉睫、任重道远。弘扬社会主义核心价值观,培育有道德、有理想的时代新人,已成为当下社会主义精神文明建设领域一项系统的、长期的、水滴石穿、润物无声的永续工程,需要每位公民去不懈努力。

诚信是一个人的胸襟,诚信是一个人对生命的热爱。翻开中华民族五千年的厚重历史,你会发现,诚信是中华民族的生存之本,是中华民族的宝贵财富。中华民族历来都把诚信作为一种美德、一种修养、一种文明,追而求之,歌而颂之。像蔡勉旃这种彰显着人性光辉的诚信之人,就应该成为时代的标杆,成为公民道德规范的旗帜。

待人诚信,一诺千金,那就让我们从学习《蔡勉旃坚还亡友财》开始吧……

长使英雄泪满襟

——读《蜀相》有感

卢雪梅

"丞相祠堂何处寻?锦官城外柏森森。映阶碧草自春色,隔叶黄鹂空好音。三顾频烦天下计,两朝开济老臣心。出师未捷身先死,长使英雄泪满襟。"

杜甫的《蜀相》情景交融,对仗工整,色彩鲜明,静动相衬,熔情、景、议于一炉,表达了诗人对忠心报国的蜀汉丞相诸葛亮的崇敬之情,堪称绝唱。而这首绝唱一经传播,就感动了无数人,也影响了无数人,而无数人也因此以诸葛亮忠心报国为榜样。今天,参观了新疆新辉红色记忆博物馆之后,我更能感受到一代忠臣的人格魅力,也更能感受到忠诚的力量。

新疆新辉博物馆是新疆第一家红色记忆博物馆,馆名由著名红色诗人贺敬之题写,现有藏品5万余件。步入博物馆大厅中央,令人瞩目的是一尊3米多高的乳白色伟人塑像,塑像高大结实、棱角分明、形态逼真,伟人挥手之间笑看苍穹。大厅右墙正中悬挂着鲜红的中国共产党党旗,所有前来参观的共产党员都情不自禁地重温入党誓词:"对党忠诚,积极工作……永不叛党。"铮铮誓言浑厚而凝重,久久回荡在肃穆的大厅。

环视大厅,藏品众多,琳琅满目。有陈潭秋、林基路、毛泽民等革命英烈在新疆忠于信仰、视死如归的挂图;有在海南岛忠于理想、勇于斗争的红色娘子军使用过的军旗;有红军万里长征时使用过的大刀、长矛和穿过的蓑衣、草鞋;有八路军、新四军对日作战时使用过的毛瑟枪、手榴弹、发报机、望远镜;有淮海战役时老百姓支前使用过的独轮车……应有尽有,数不胜数。

走出大厅,大厅右侧的简易敞棚是新疆生产建设兵团文物集中展示区。敞棚正中陈列的是兵团军垦战士用过的犁铧、木轮车、石磨、石碌、纺车、坎土曼、铁锨等物品;两面墙壁上悬挂的是陶峙岳将军率部起义、新疆和平解放、王震大军进驻新疆、第1兵团第2军第5师第15团勇士们穿越塔克拉玛干大沙漠解放和田、"无衔将军"张仲瀚指挥创建新疆生产建设兵团农学院(石河子大学农学院前身)、兵团军垦第一犁雕塑诞生等重大历史事件纪实图片。这些兵团印记,再一次向人们展示了在激情燃烧的艰苦岁月,人民军队忠于党,兵团战士听党指挥,脱下军装,拉起犁铧,向戈壁沙漠进军的无私奉献的精神风貌。

红色记忆展品中,最触动人心的当属"两弹元勋"邓稼先先生的遗物:一个旧公文包、一张发黄的手稿、一条小棉被。这三件珍贵遗物由邓稼先先生的夫人、北京大学教授许鹿希老人捐赠。许鹿希老人捐赠时曾对馆长华新辉说:"小棉被是我亲手缝的,新疆的冬天很冷,晚上加班工作时,邓稼先就把小棉被裹在腿上御寒。为什么我会把这些珍贵的东西送给你?因为你的博物馆在新疆。我先生邓稼先一生的事业大都是在新疆完成的,我对新疆有特殊的感情。"聆听着遗物背后的故事,所有聆听者对邓稼先先生敬爱有加。温暖的小棉被,简朴的文物,正无声地向世人诉说着一位伟大科学家对祖国的无限忠诚。

新中国成立之初,邓稼先原本可以留在美国,继续他的科研工作。但是,为实现科技强国的夙愿,他主动放弃优厚待遇,冲破层层阻力,毅然决然回国,来到中国科学院工作。回国后,他参加、组织和领导了我国核武器的研究、设计工作,是我国核武器理论研究工作的奠基者之一。他默默无闻地为祖国的核事业奋斗了 28 年,在大漠戈壁、在最艰苦的地方,战斗到生命的最后一刻。他在临终留下遗言:"假如生命终结之后能够再生,那么,我仍选择我的祖国,选择核事业!"赤子之心,高山仰止。

1986 年 7 月 29 日,在邓稼先 62 岁那一年,他因患直肠癌,永远地离开了我们,离开了他热爱的核事业,离开了他奉献一生的祖国。2009 年,邓稼先被评为"100 位新中国成立以来感动中国人物"之一,他的光辉事迹已传遍中华大地,他的光辉形象将永远矗立在各族人民心中。

邓稼先逝世后,诺贝尔物理学奖获得者、世界著名物理学家杨振宁,在他的纪念文章《邓稼先》中饱含深情地写道:"鞠躬尽瘁,死而后已。"中国科学院院士、物理学家胡仁宇感叹地说:"我最感佩的是邓稼先对祖国的忠诚、对事业的执着、对工作的一丝不苟。"

走出博物馆,已是日暮黄昏,落日的余晖染红了天角,轻轻地铺洒在皑皑雪原上,也轻轻地铺洒在红色记忆博物馆上。静谧的天空忽然稀稀拉拉地飘起了雪花,雪花像轻盈的柳絮转着圈儿、遛着弯儿,温温柔柔地飘洒在山川、树木上。霎时间,街道两旁的海棠、榆叶梅等景观树上都像是开满了梨花,浪漫且富有诗意。最富有诗意的莫过于松树了,翠绿的枝叶被雪花装点,气质非凡。

"岁寒,然后知松柏之后凋也。"望着这些在严寒中傲然挺立的劲松,猛然觉得它们这昂扬的姿态非常眼熟。哦,想起来了,红色记忆博物馆中,那些为国为民、鞠躬尽瘁、死而后已的英雄们的美好形象,就与它们一模一样。

2018 年 12 月 21 日

第三部分　真爱永恒

　　人之初，性本善。人世间之幸事莫过于拥有爱。爱是夏日清雨，爱是冬日暖阳，爱是黑暗中的灯塔，爱是沙漠中的甘霖。

　　从古至今，爱一直都在。"临行密密缝"，蕴含的是伟大而深沉的母爱；"鸦有反哺之义"，表达的是子女对父母的挚爱；"一生一世一双人"，体现的是忠贞不渝的旷世之爱。

　　"仁者，以天地万物为一体。"这是儒家仁爱的最高境界，即我们不但要爱自己、爱他人，还要去爱世间万物。

主题一　大爱无疆

品读篇

墨萱图·其一

〔元〕王冕

 导读经典

《墨萱图·其一》是元代诗人王冕（miǎn）的诗歌作品。王冕性格孤傲，蔑视权贵，一生清贫，因没有能力让母亲衣食无忧、颐养天年，故对母亲心存愧疚。诗歌以灿烂萱草花生在北堂之下起兴，借景抒情，表达了诗人对母亲的深切思念与愧疚之情。

 品读经典

灿灿萱草花[1]，罗生北堂下[2]。

南风吹其心，摇摇为谁吐？

慈母倚[3]门情，游子行路苦。

甘旨[4]日以疏[5]，音问日以阻。

举头望云林，愧听慧鸟语[6]。

注释经典

[1]灿灿萱草花：萱草花，又名忘忧草，是康乃馨之前的中国母亲花，是母爱的象征。

[2]罗生北堂下：《诗经》称："北堂幽暗，可以种萱。"古代游子远行，都要

在北堂种萱草,希望母亲忘却烦忧。

　[3]倚:靠。

　[4]甘旨:美味的食品,指对双亲的奉养。

　[5]疏:疏远。

　[6]愧:惭愧、羞愧。慧鸟:机灵聪慧,是森林中的精灵,歌声婉转动听。语:叫声。

雅译经典

　　灿灿萱草花,长在北堂下。南风吹萱草,为谁吐芳华? 慈母倚门盼,游子远行苦。无法奉双亲,音讯日以阻。举头望云林,愧听慧鸟语。

作者简介

　　王冕(1287—1359),字元章,号煮石山农,亦号"食中翁""梅花屋主"等,浙江诸暨(jì)人,元朝著名画家、诗人、篆刻家。他出身贫寒,幼年替人放牛,靠自学成才。他以画梅著称,尤工墨梅。王冕的诗歌多是同情劳动人民苦难、谴责豪门权贵、轻视功名利禄、描写田园隐逸生活之作。他性格孤傲,鄙视权贵,一生清贫。著有《竹斋集》3卷、续集2卷。存世画作有《三君子图》《墨梅图》等。王冕是治印大师,开创了花乳石刻印法,篆法绝妙,技艺高超。

岁暮到家

〔清〕蒋士铨

导读经典

　　《岁暮到家》是清代诗人蒋士铨(quán)的诗歌作品。乾隆十一年(1746),诗人于新年前夕归家与母亲团圆,蒋母惊喜万分。母亲心疼儿子面容清瘦,询问儿子一路上的艰辛历程,慈爱之心让诗人百感交集。于是诗人借助衣物、语言、行为和心理活动,把母亲对儿子的无尽关爱、思念和期望表现得淋漓尽致,颂扬了厚重、深沉的母爱。

 品读经典

爱子心无尽,归家喜及辰[1]。

寒衣针线密[2],家信墨痕新。

见面怜清瘦,呼儿问苦辛。

低徊(huí)愧人子[3],不敢叹风尘[4]。

 注释经典

[1]及辰:及时,正赶上时候。这里指过年之前能够返家。

[2]寒衣针线密:化用唐代诗人孟郊《游子吟》:"慈母手中线,游子身上衣。临行密密缝,意恐迟迟归。谁言寸草心,报得三春晖。"

[3]低徊:同"低回",徘徊、流连。愧人子:惭愧自己未能尽孝,反让母亲操心。

[4]风尘:指旅途劳累辛苦。

 雅译经典

爱子之心没有穷尽,最高兴的是游子远归。寒衣针脚密密麻麻,刚到的家书字迹如新。看见儿子面容清瘦,赶紧问儿旅途的艰辛。儿子实在愧对慈母,不忍心诉说一路风尘。

作者简介

蒋士铨(1725—1785),字心余、苕(tiáo)生,号藏园,又号清容居士,江西铅山人,清代著名诗人、戏曲家、文学家。蒋士铨9岁学《礼记》《周易》,15岁学李商隐,19岁改学杜甫、韩愈,40岁兼学苏轼、黄庭坚。乾隆二十二年(1757),32岁的蒋士铨中进士,官至翰林院编修。37岁辞官,39岁担任蕺(jí)山书院主讲官,诗与袁枚、赵翼齐名,并称"江右三大家"。蒋士铨论诗主张"性灵",现存诗2000多首。他同情人民疾苦,部分诗歌反映了社会现实,揭露了社会矛盾,如《饥民叹》《禁砂钱》等,具有一定的社会意义。主要著作有

《藏园九种曲》《忠雅堂诗集》等。

拓展篇

游 子 吟

〔唐〕孟郊

慈母手中线,游子身上衣。
临行密密缝,意恐迟迟归。
谁言寸草心,报得三春晖。

忆 母

〔明〕史可法

母在江之南,儿在淮之北。
相逢在梦中,牵衣喜且泣。

忆 父

〔清〕宋凌云

吴树燕云断尺书,迢迢(tiáo)两地恨何如?
梦魂不惮(dàn)长安远,几度乘风问起居。

感悟篇

鲁冰花　母爱花
——读《岁暮到家》有感

卢雪梅

　　今天是周日，我一大早便约了好友阿春去逛花市。我们两个既是女儿，又是母亲，便对康乃馨情有独钟。我们流连于姹紫嫣红的康乃馨花圃，细数着母亲为我们的付出，又想念着在远方求学常年不能回家的孩子，便很自然地谈到了我们都喜欢的蒋士铨的名作《岁暮到家》。

　　"爱子心无尽，归家喜及辰。寒衣针线密，家信墨痕新。见面怜清瘦，呼儿问苦辛。低徊愧人子，不敢叹风尘。"这是清代著名文学家蒋士铨所描绘的岁暮到家与母亲团圆的真实场景。蒋士铨长年在外奔波，与母亲聚少离多，母亲从不抱怨儿子未在床前尽孝，而是积极鼓励儿子远赴他乡，考取功名，努力工作，奋发上进。乾隆十一年(1746)岁暮，儿子终于在新年前夕归来，母亲喜出望外，但见儿子面容清瘦，又非常爱怜。母亲闭口不提自己在家的艰辛，却急忙问儿子在外是不是很辛苦？想想我们的孩子也即将从远方归来，我们也会像蒋母一样对孩子嘘寒问暖，也会像蒋母一样随时为孩子担心，就更能理解蒋母对儿子的一片深情。

　　慈母爱子，非为报也。也许是被康乃馨的母爱之美感染，也许是被蒋士铨的母爱佳作感动。阿春突然对我说："听说吉木萨尔县南山有鲁冰花花海，比康乃馨更好看，想去看吗？"我说："走。"于是，两个"花痴"便驾车来到了吉木萨尔县车师古道百花谷。

　　百花谷位于吉木萨尔县南山深处，天山雪水常年奔腾不息，气候温润，土地肥沃，是种植花卉的绝佳地段。百花谷景区利用得天独厚的自然条件，依托阡陌沟壑、草原田垄，顺势打造出500亩花圃。于是，各类花卉按照时令高低错落、接续不断地怒放于山谷之中。

步入山谷,扑面而来的是火红的、淡紫的、金黄的、浅蓝的、藏青的各色花阵,花阵的颜色或整齐划一、统一色调,或五颜六色、万紫千红。鲁冰花、冰岛虞美人、唐菖蒲、福禄考、蓝香芥、矢车菊、大丽花等名花霸气十足,昂首挺立;金鸡菊、矮牵牛、蒲公英、三叶草、金银花、鸡冠花、灯笼花等路边野花不甘寂寞,争奇斗艳。百花丛中,白的、粉的蝴蝶们来来往往舞翩跹,黑的、黄的小蜜蜂们熙熙攘攘采蜜忙……在百花之中,我和阿春最喜欢、最想看的就是鲁冰花,而花海之中最触动人心的也是鲁冰花。

鲁冰花是豆科一年生草本植物,高约 70 厘米,旗瓣和龙骨瓣有白色斑纹,荚果为长圆状线形,多生长于福建、台湾等温带地区。鲁冰花是台湾对其英文名 lupin 的音译,此花原产北美,属外来花卉。台湾百姓在种植特有的高山云雾茶时,要在茶山周边,甚至是茶树附近辅助栽种鲁冰花,原因有二:一是鲁冰花可以帮助茶树健康成长,使茶叶芳香味美;二是鲁冰花花瓣凋谢后可以滋养土地,是茶树的优等绿肥。鉴于鲁冰花淳朴、无私的母爱品格,加之鲁冰花是在 5 月母亲节前后盛开,故鲁冰花又叫"客家母亲花"。

徜徉在五光十色的鲁冰花花海之中,放眼望去,粉的、蓝的、深紫、蓝紫、淡紫、紫白相间、粉白相间的鲁冰花,袅袅婷婷,多彩多姿。现在是 8 月,鲁冰花花期已过,那像紫藤花但比紫藤花更美丽的花瓣早已渗入泥土,滋养山谷。鲁冰花已结果,那像风信子又不是风信子的尖塔般的修长身躯安静地矗立于天地之间,与远处的皑皑雪山、近处的丹霞地貌、眼前的金黄麦浪相映成趣,风雅别致。我和阿春沐浴着母爱的光辉,在温馨的鲁冰花花海之中左照右照、横拍竖拍,拍了无数张照片,恨不得把每一株鲁冰花都映入脑海,都刻入记忆。

"家乡的茶园开满花,妈妈的心肝在天涯,夜夜想起妈妈的话,闪闪的泪光鲁冰花。"当年被这美妙的歌声陶醉,带着几分崇敬去花市观赏鲁冰花。鲁冰花盛开在恒温环境中,与其他温室里的花朵一样,花枝招展,并无特别。但是,今天看到原本生长在福建、台湾等温带地区的鲁冰花,在大西北苦寒之地茁壮成长,且在风雨中亭亭玉立,实为稀奇,叹为观止。生长在温带地区的鲁冰花固然娇美,但是没有抗击暴风骤雨的能力。而生长在天山深处的鲁冰花坚韧坚强、无私无畏,像极了天底下所有的母亲——为母则刚。

"爱子心无尽,归家喜及辰。"蒋士铨的《岁暮到家》以其真实、质朴的感情,感动了我,感动了阿春,感动了天底下无数儿女的心。母爱无言,大爱无声。当春风吹绿了山野,鲁冰花芬芳满株,为人们传递着春的讯息;待到落英缤纷,她又用凋零的花瓣回馈大地,让大地山更青水更绿。这就是鲁冰花,这就是蒋士铨的母亲。

坚强、无私、平凡、朴实的鲁冰花,就像蒋士铨的母亲一样,也像天底下所有平凡的母亲一样,无所谓生死,不计较得失,竭尽全力,倾其所有,只为给孩子们一个美好的、浪漫的、诗意的、和谐的、爱的春天。

鲁冰花,母爱花,我心中的花。

2022 年 8 月 6 日

主题二　永结同心

品读篇

白　头　吟

〔汉〕卓文君

 导读经典

　　《白头吟》是一首汉乐府民歌,相传是汉代才女卓文君所作。卓文君的丈夫司马相如在事业有成之后,开始耽于逸乐,移情别恋,打算纳妾。卓文君悲愤之余写下《白头吟》呈送夫君。司马相如读过《白头吟》之后,自惭形秽,羞愧万分,最后回心转意,与卓文君和好如初。

　　诗歌巧用比喻、象征等修辞手法,形象描述了主人公的言行、思想,以质朴、深情的语言塑造了一位敢爱敢恨、性格爽朗、沉着冷静且心思缜密的智慧女性形象。

 品读经典

　　皑[1]如山上雪,皎(jiǎo)[2]若云间月。

　　闻君有两意[3],故来相决[4]绝。

　　今日斗[5]酒会,明旦[6]沟水头。

　　躞(xiè)蹀(dié)[7]御沟[8]上,沟水东西流[9]。

　　凄凄[10]复凄凄,嫁娶不须啼。

　　愿得一心人,白头不相离。

　　竹竿[11]何袅袅[12],鱼尾何簁簁(shāi)[13]!

男儿重意气^[14],何用钱刀^[15]为!

注释经典

[1]皑:白。

[2]皎:白。

[3]两意:二心(和下文"一心"相对),指情变。

[4]决:别。

[5]斗:盛酒的器具。

[6]明旦:明日。

[7]躞蹀:小步行走。

[8]御沟:流经御苑或环绕宫墙的沟。

[9]东西流:东流。"东西"是偏义复词,这里偏用东字。设想别后在沟边独行,过去美好的爱情将如沟水东流,一去不返。

[10]凄凄:悲伤。

[11]竹竿:钓竿。

[12]袅袅:细长柔软、轻盈。

[13]簁簁:鱼甩尾声。钓鱼是男女求偶的象征隐语,用隐语表示当年相亲相爱。

[14]意气:感情、恩义。

[15]钱刀:古时的钱有铸成马刀形的,叫作刀钱。所以,钱又称为钱刀。

雅译经典

我们的爱情像山上的白雪一样纯洁,像云间的月亮一样皎洁。

听说夫君你怀有二心,所以我来与你分手。

今天置酒做最后的聚会,明日一早我们在沟头分别。

我缓缓移步沿沟走去,过去的生活宛如沟水向东流去。

当初我毅然离家随夫君远去,并不像一般女孩儿凄凄哭啼。

原以为嫁的是忠贞不渝的如意郎君,可以永远相爱白头偕老。

想当年我们美好的感情像钓竿那样轻细柔长,像鱼儿那样活泼可爱。

男子应当重情重义，因为真挚的爱情是任何金钱都无法获取的。

 作者简介

卓文君(前175—前121)，原名文后，西汉临邛(今四川邛崃)人，原籍邯郸冶铁之家卓氏。汉代才女，中国古代四大才女之一。

卓文君为巨商卓王孙之女，姿色娇美，精通音律，善弹琴，有文名。卓文君与汉代著名文人司马相如的一段爱情佳话至今被人津津乐道。她有不少佳作，如《白头吟》，其中"愿得一心人，白头不相离"堪称千古名句。

谒　金　门

〔五代〕冯延巳

 导读经典

《谒金门》原是唐代教坊曲名，后用作词调名，南唐宰相冯延巳(sì)填写了《谒金门(风乍起)》后，该词牌颇受追捧。

冯延巳擅长以景托情，因物起兴，善于捕捉生活细节，在细节中蕴藏个人感情。他的词清丽、细密、委婉、含蓄、富含哲理、意味深长。

《谒金门(风乍起)》是一首脍炙人口的怀春小词，立意新颖，格调高雅，饱含深情。词的上片以写景为主，点明时令、环境以及人物活动；下片以抒情为主，点明哀怨烦愁的原因，最后以"举头闻鹊喜"结束，让人喜出望外。小词用字准确、精当，尤其"风乍起，吹皱一池春水"，已成为千古传诵的佳句。

 品读经典

风乍[1]起，吹皱(zhòu)一池春水。闲引[2]鸳鸯(yuānyāng)香径里，手挼(ruó)[3]红杏蕊(ruǐ)。

斗鸭[4]阑(lán)干独倚，碧玉搔(sāo)头[5]斜坠(zhuì)。终日望君君不至，举头闻鹊(què)喜。

注释经典

[1]乍：忽然。

[2]闲引：无聊地逗引着玩。

[3]挼：揉搓。

[4]斗鸭：以鸭相斗为欢乐。

[5]碧玉搔头：碧玉做的簪子。《西京杂记》载："武帝过李夫人，就取玉簪搔头。自此后，宫人搔头皆用玉。"

雅译经典

春风乍起，池塘春水泛起涟漪。在花间香径逗引着池中鸳鸯，随手折下杏花花蕊在指尖轻揉。

独倚池边栏杆观看斗鸭，头上的碧玉簪随风斜垂。整日思念着夫君，但始终不见夫君归来。正在愁闷，突然听到喜鹊的叫声，原来我家有喜。

作者简介

冯延巳（903—960），字正中，一字仲杰，又名延嗣，南唐吏部尚书冯令頵(jūn)之长子。其先祖为彭城人，唐末避乱南渡，后安家于广陵（今江苏扬州），故史书称其为广陵人。

冯延巳是南唐宰相，是五代十国时期开一代先河、引领潮流的著名词人，主要作品有《阳春集》等。他的词清丽、含蓄，文人气息浓厚，深得南唐中主李璟、南唐后主李煜赏识，对南唐及北宋初期的词风有较大影响。王国维在《人间词话》中评道："冯正中词虽不失五代风格而堂庑(wǔ)特大，开北宋一代风气。"陈世修和冯煦(xù)曾作《阳春集序》，二人在序文中均赞美冯延巳之为人，说他心怀天下、忧国忧民，于小词中寄托自己的忧思。

拓展篇

长 相 思

〔唐〕李白

长相思，在长安。

络纬(luòwěi)秋啼金井阑，微霜凄凄簟(diàn)色寒。

孤灯不明思欲绝，卷帷(wéi)望月空长叹。

美人如花隔云端！

上有青冥(míng)之长天，下有渌(lù)水之波澜(lán)。

天长路远魂(hún)飞苦，梦魂不到关山难。

长相思，摧心肝！

玉楼春·春恨

〔宋〕晏殊

绿杨芳草长亭路，年少抛人容易去。楼头残梦五更钟，花底离愁三月雨。

无情不似多情苦，一寸还成千万缕。天涯地角有穷时，只有相思无尽处。

生查子·元夕

〔宋〕欧阳修

去年元夜时，花市灯如昼。月上柳梢头，人约黄昏后。

今年元夜时，月与灯依旧。不见去年人，泪湿春衫袖。

感悟篇

愿得一心人

卢雪梅

他在默默地等她，也许她根本不会来，也许……

但是，他愿意等下去。英雄所见略同，挚友懂他的心思，他也相信挚友的眼光，他想起挚友的话：你见到的是一位你理想中的清纯少女。

对，他想找的就是一位清纯少女。他是一位耿直的"理工男"，没有太多心眼，喜欢简单。他害怕那些有着丰富恋爱经验的美女，她们太成熟了，成熟得失去了少女的纯真。

她来了，白色的连衣裙从他身边滑过。望着她，他的心一下子紧张起来。她很普通，没有精心着装，没有刻意修饰，没有脂粉的香气，没有佩戴任何首饰，素面朝天，却清新、自然。

他被这自然吸引了。他从小生活在辽阔的草原，他喜欢家乡的蓝天、白云，他喜欢家乡的美丽、自然……这飘然而至的、穿着白色连衣裙的、清纯的她，似辽阔草原的一缕清风，似接天莲叶中的一株清水芙蓉，自然天成，清丽又清新。

"皑如山上雪，皎若云间月。"纯净、美好，清水出芙蓉，天然去雕饰，他被这自然美陶醉了。

他极力使自己镇定，慢慢地抬起头。当他再次注视她时，他的心又一次激动起来。那双黑黝黝的、亮闪闪的大眼睛，似秋水清澈见底，似流星光彩夺目。他在梦中见到的、在脑海中想象的就是这双忽闪忽闪、清亮稚气、一眼万年的大眼睛。

"愿得一心人，白头不相离。"对，这就是他要找的"一心人"。

他兴奋极了，他想大声喊出来：找到了，我终于找到了。

1989 年 9 月发表于单位内部刊物

人约黄昏后

卢雪梅

他和她相遇了,又在这铺满绿色的小路上。

他依旧站在那棵老榆树下轻轻地吹着口哨,脚下很自然地和着节拍,任浓郁的树荫笼罩在头顶。他淡淡地笑着,嘴角两缕细细的皱纹微微张开,这两道皱纹恰到好处地打破了他面部的深沉。从外表看,他极有个性,清瘦且高挑,棱角分明。

他静静地、久久地凝视着小路的尽头,憧憬着将与她见面的美景。他在等她,而她……

她来了,似一片红云飘来了,晚风微微掀起她鲜红的衣衫,夕阳映红了她白皙的面庞。望着火红的晚霞,她舒心地笑了。啊,明天,明天又是一个艳阳天。她欢快地走着,轻盈地跃上小路。小路点缀了她,她也点缀了小路。

望着她的身影,他的目光凝滞了。霎时,他觉得周身的热血在沸腾。他想跑过去,想拉住她,想对她诉说自己的思念、自己的爱恋。可是,两条腿却不听使唤,默背了多少遍的开场白,竟一句也说不出。他恨自己,恨自己的怯懦,恨自己的笨拙,恨自己的清高。镇静,镇静,他努力使自己镇静下来,机械地摁响了车铃:"丁零",像在说:"停一下。"然而,她并未停下,依旧是调皮地眨着眼睛,黝黑的眸子掠过一丝微笑,像在说:"别费工夫了。"她轻轻地、快快地,似一阵清风从他身边吹过,身后留下一串欢快的脚步声。

她走了,竟未回头看他一眼。他却没有动,仍在深情地望着,像要把她刻进心底。

她走远了,身影渐渐地模糊了,他的心也随之飘向了远方。这已经是第六个黄昏,他始终未跟她说上一句话。他认识她,而她却不认识他。他曾是她护理过一天的病人,他忘不了她将他扶上病床的情景,忘不了她工作时一丝不苟的神情。她那甜甜的话语,曾使他多少次从梦中笑醒;她那双清澈的大眼睛,曾使他激动过多少个黄昏。而她,却早把他遗忘了。

咳!第六个黄昏,他羞愧地垂下了头。

月亮渐渐地升高了,在缕缕云絮中悠悠浮动,静静地照耀着大地,也静静地照耀着绿色的小路。望着这流水般的月华,他自卑的内心突然豁然开朗。"明天,我一定来,一定要把我的心里话说出来。她,她会来吗?"一想起她,他的心头就一阵激动,一种从未有过的自信涌遍全身。

"月上柳梢头,人约黄昏后。"他幸福地遐想着,有节奏地按响了车铃:"丁零丁零"。

明天,哦,第七个黄昏……

1987 年 3 月 3 日发表于《昌吉报》第四版

第四部分　家国情怀

　　"家国情怀",是一个人对国家和人民所表现出来的深情大爱,是对国家富强、人民幸福所展现出来的理想追求,是对国家和人民的一种高度认同感、归属感、责任感和使命感。

　　"苟利国家生死以,岂因祸福避趋之!"爱国主义是中华民族的民族心、民族魂,是人世间最深层、最持久的情感。

主题一　志存高远

品读篇

古之欲明明德于天下者

 **导读经典**

本文出自《大学》第一章。《大学》现在普遍认为是由曾参所撰,并和《论语》《孟子》《中庸》合称"四书"。

《古之欲明明德于天下者》,告诉人民怎样做人,怎样齐家,而且告诉有邦有国者怎样安邦治国,同时还提示天子怎样做才能国泰民安,强调了在修身、齐家、治国、平天下中,修身是一切的根本。欲修其身,必须先获取广博的知识,只有用知识武装自己、完善自己、提升自己的德行,才能谈家国天下。

 品读经典

古之欲明明德[1]于天下者,先治其国;欲治其国者,先齐其家[2];欲齐其家者,先修其身[3];欲修其身者,先正其心;欲正其心者,先诚其意;欲诚其意者,先致其知[4];致知在格物[5]。

物格而后知至,知至而后意诚,意诚而后心正,心正而后身修,身修而后家齐,家齐而后国治,国治而后天下平。

注释经典

[1]明明德:第一个"明"做动词,使动用法,即"使彰明",指发扬、弘扬。第二个"明"做形容词,明德即光明正大的品德。

[2]齐其家:管理好自己的家庭或家族,使家庭和美、蒸蒸日上。

[3]修其身:修养自身的品性。

[4]致其知:使自己获得知识。

[5]格物:认识、研究万事万物。

 雅译经典

古代那些要想在天下弘扬光明正大品德的人,先要治理好自己的国家;要想治理好自己的国家,先要管理好自己的家庭和家族;要想管理好自己的家庭和家族,先要修养自身的品性;要想修养自身的品性,先要端正自己的心思;要想端正自己的心思,先要使自己的意念真诚;要想使自己的意念真诚,先要获得广博的知识;获得知识的途径在于认识、研究万事万物。

对万事万物认识、研究之后才能获得知识,获得知识之后意念才能真诚,意念真诚之后心思才能端正,心思端正之后才能修养品性,修养品性之后才能管理好家庭和家族,管理好家庭和家族之后才能治理好国家,治理好国家之后天下才能太平。

赴戍登程口占示家人·其二

〔清〕林则徐

 导读经典

民族英雄林则徐在广东销毁鸦片,抗英有功,却遭投降派诬陷,被道光帝革职,"从重发往伊犁,效力赎罪"。他忍辱负重,于道光二十一年(1841)踏上戍途,前往伊犁。此诗是诗人在古城西安与家人告别之作,是题二首,此为第二首。

诗歌语气平和,不作牢骚语,在与家人的脉脉温情中,透露出诗人作为政治家的英雄气质。"苟利国家生死以,岂因祸福避趋之"表现了诗人以国事为重、不顾个人安危的高尚品质;"戏与山妻谈故事,试吟断送老头皮"则表现了诗人乐观向上的旷达胸怀。

 **品读经典**

力微任重久神疲,再竭衰庸[1]定不支。

苟利国家生死以[2],岂因祸福避趋之[3]?

谪居[4]正是君恩厚,养拙[5]刚[6]于戍卒宜[7]。

戏与山妻[8]谈故事[9],试吟断送老头皮[10]。

注释经典

[1]衰庸:衰老而无能,自谦之词。

[2]以:用、去做。

[3]"苟利"二句:郑国大夫子产改革军赋,受到时人的诽谤。子产曰:"何害?苟利社稷,死生以之。"(见《左传·昭公四年》)诗句出于此。

[4]谪居:因有罪被遣戍远方。

[5]养拙:藏拙、守本分、不显露自己。

[6]刚:正好。

[7]戍卒宜:做一名戍卒较为合适。这句诗谦恭中含有激愤与不平。

[8]山妻:对自己妻子的谦辞。

[9]故事:旧事、典故。

[10]"戏与"二句:自注:"宋真宗闻隐者杨朴能诗,召对,问:'此来有人作诗送卿否?'对曰:'臣妻有一首云:更休落魄耽杯酒,且莫猖狂爱咏诗。今日捉将官里去,这回断送老头皮。'上大笑,放还山。东坡赴诏狱,妻子送出门,皆哭。坡顾谓曰:'子独不能如杨处士妻作一首诗送我乎?'妻子失笑,坡乃出。"林则徐用此典故,表达他的旷达胸襟。

雅译经典

我以微薄之力为国担当重任,早已疲惫不堪。若再继续下去,年老且平庸定是无法支撑。

只要是对国家有利的事,我就会不顾生死去努力;难道有祸就躲避,有福就上前迎受吗?

我被流放伊犁,正是君恩高厚;而当戍边之卒,刚好适宜退隐在家休养。

我开着玩笑,同老妻谈起古人的故事,说你试吟"这回断送老头皮"来为我送行。

 作者简介

林则徐(1785—1850),字元抚,又字少穆、石麟(lín),晚号俟(sì)村老人等,清朝著名政治家、思想家和诗人,曾任湖广总督、陕甘总督和云贵总督,两任钦差大臣。林则徐主张严禁鸦片,是民族英雄。

林则徐一生力抗西方入侵,但对于西方的文化、科技和贸易则持开放态度,主张学其优而用之。根据文献记载,他着力翻译西方报刊和书籍。晚清思想家魏源将林则徐及幕僚翻译的《四洲志》合编为《海国图志》,此书对晚清的洋务运动乃至日本的明治维新都具有启发作用。1850 年 11 月 22 日,林则徐在广东普宁病逝。

拓展篇

龟 虽 寿

〔汉〕曹操

神龟(guī)虽寿,犹有竟时。

螣(téng)蛇乘雾,终为土灰。

老骥(jì)伏枥(lì),志在千里。

烈士暮(mù)年,壮心不已。

盈(yíng)缩之期,不但在天。

养怡(yí)之福,可得永年。

幸甚(shèn)至哉(zāi),歌以咏志。

少年行四首·其二

〔唐〕王维

出身仕汉羽林郎,初随骠(piào)骑战渔阳。
孰(shú)知不向边庭苦,纵死犹闻侠骨香。

少年中国说（节选）

〔清〕梁启超

　　故今日之责任,不在他人,而全在我少年。少年智则国智,少年富则国富,少年强则国强,少年独立则国独立,少年自由则国自由,少年进步则国进步,少年胜于欧洲则国胜于欧洲,少年雄于地球则国雄于地球。红日初升,其道大光;河出伏流,一泻汪洋。潜龙腾渊,鳞爪飞扬;乳虎啸谷,百兽震惶。鹰隼(sǔn)试翼,风尘吸张;奇花初胎,矞(yù)矞皇皇。干将发硎(xíng),有作其芒。天戴其苍,地履(lǚ)其黄。纵有千古,横有八荒。前途似海,来日方长。美哉我少年中国,与天不老;壮哉我中国少年,与国无疆。

感悟篇

胡 杨 礼 赞
——读《赴戍登程口占示家人·其二》有感

卢雪梅

　　今天与同学们共同学习民族英雄林则徐的《赴戍登程口占示家人·其

二》,因为之前做了功课,同学们对林则徐的英雄事迹已了然于胸,加之林则徐曾在新疆生活三年,同学们倍感亲切,所以诵读得非常好。待教学进入讨论阶段,请同学们讨论"你心中的林则徐是什么形象"时,同学们的回答让我连连称赞。有的同学说:"林则徐就是我们新疆的胡杨树,他永远屹立不倒,永远活在我们心中。"是啊,胡杨树三千年屹立不倒,胡杨就是林则徐,林则徐就是胡杨。

当年,西方列强对清朝虎视眈眈,想用鸦片荼毒中国人。民族英雄林则徐挺身而出,在虎门销烟,抗英有功,却遭到投降派诬陷,被流放新疆伊犁。他在古城西安与家人告别时写下了经典诗句:"苟利国家生死以,岂因祸福避趋之?"意思是:只要是对国家有利的事,我就会不顾生死去努力;难道有祸就躲避,有福就上前迎受吗? 他是这样说的,也是这样做的。林则徐被流放伊犁后,没有一丝懈怠,继续为国为民出力。

他在伊犁工作期间,约用一年时间,行程近 1 万千米,足迹踏遍库车、阿克苏、乌什、叶尔羌、和阗、喀什噶尔、巴尔楚克、哈密等地;勘察并指挥各地开垦荒地 60 余万亩,解决了许多农民的土地与温饱问题。他不顾年迈,风餐露宿,走遍茫茫戈壁,大兴水利;他主持修建的"林公渠"至今仍在造福新疆人民。

饱含着对林公的崇敬之心,满怀着对胡杨的敬畏之情,利用到木垒探亲的机会,我专程到胡杨林,来瞻仰这举世瞩目的沙漠英雄。

胡杨是第三纪残余的古老树种,是唯一能够在戈壁沙漠天然成林的原始树种,它的根系长达 15 米,可深入地层深处去吸收水分。胡杨以惊人的抗干旱、御风沙、耐盐碱的能力,顽强地生存繁衍于沙漠之中,生而不死一千年,死而不倒一千年,倒而不朽一千年。而木垒胡杨林,据专家考证是目前世界上最古老的原始胡杨林,至少有 6500 万年历史。在这里发现的"祖木",直径达3.1 米,被誉为"世界胡杨王,戈壁活化石"。

木垒胡杨林距县城约 160 千米,地理位置偏僻,风吹石头满地跑,飞鸟不往,约有 35 平方千米为沙漠。但是,就是在这样的艰苦环境中,却屹立着世界上最古老的原始胡杨林。

走进胡杨林,首先映入眼帘的是金秋胡杨特有的"姿色"。幼年胡杨,葱绿的叶片细长如线，身形柔弱，随风飘舞；五年树龄的胡杨，翠绿的叶片开始变宽，如同柳叶；十五年以上树龄的胡杨，窄长的叶片开始逐渐变成扇形，形状及颜色颇像银杏树叶。千姿百态的胡杨或金黄一片，或黄绿相间，参差不齐，高低错落。老、中、青、少、幼，不同阶段、不同树龄、不同姿态的胡杨，各有各的特色，各有各的韵味。但是，它们都有一个共同的特点：笑傲苍穹，遗世独立。

继续前行，屹立在眼前的是胡杨千奇百怪的艺术形象。有的似天女散花，翩翩起舞；有的似烈马奋蹄，勇往直前；有的似天兵天将，所向披靡；有的似恩爱情侣，相依相伴。有的雄浑刚健，有的生机盎然，有的仪态端庄，有的激情浪漫，无论是盘根错节的古木还是轻盈细弱的幼杨，它们都向阳而生，铁骨铮铮。

天上太阳正晴，脚下沙漠纵横。正午的太阳，沙漠温度至少在 40 摄氏度以上，一会儿工夫，脸已被晒得滚烫，浑身开始冒汗，燥热难耐。人类在严酷的大自然面前非常脆弱，而英雄的胡杨却脚踏沙漠，笑迎骄阳，是人类坚守初心的最好榜样。凝视着这傲然挺立在沙漠中的英雄形象，回想起课堂上同学们讨论林则徐形象时的真情实感，突然觉得远处一株饱经风雨、苍老倔强、竭尽全力挺直腰身的胡杨，与林则徐极其相像。林则徐在人生低谷、在仕途最艰难的时刻，依旧不忘初心，坚守理想，为国分忧，为民造福。他的坚忍不拔，他的笑对人生，其实就是胡杨的真实模样，胡杨就是他，他就是胡杨。

胡杨是沙漠英雄树，是新疆人最钟爱、最崇拜的一种树。作为祖国守边人的我们，应该传承林公为我们留下的英雄特质，像胡杨一样初心不改，像胡杨一样坚定执着，像胡杨一样无私无畏，像胡杨一样傲然挺立，苟利国家生死以，岂因祸福避趋之？

2016 年 9 月 18 日

烈士暮年　壮心不已

——《龟虽寿》读后感

卢雪梅

"神龟虽寿,犹有竟时。腾蛇乘雾,终为土灰。老骥伏枥,志在千里。烈士暮年,壮心不已。盈缩之期,不但在天。养怡之福,可得永年。幸甚至哉,歌以咏志。"

曹操的《龟虽寿》,写于他北定乌桓之后。建安十三年(208),曹操终于彻底铲除了强敌袁绍父子,统一了北方。此时,他已53岁,进入人生暮年。古人一般在他这个年纪,垂垂老矣,且已功成名就,都会停下脚步,但是曹操不同,他心怀天下,志存高远。他说:壮志凌云的人即使到了晚年,也会理想不灭,壮心不已。人生大气魄、大境界、大格局,可赞可叹。

"白发催年老,青阳逼岁除。"当皱纹爬上我们的额头,当沧桑写在我们的脸上,我们都会哀叹衰老不可抗拒,余生一年不如一年。人不可能长生不老,也不可能青春永驻,总有一天我们会渐渐老去,总有一天我们会青春不再。但是只要我们心中理想不灭,依旧对理想心驰神往,那我们就依然年轻,这就是我们常说的心理年龄上的年轻,曹操就是一位心理上永远年轻的"老顽童",一位永不服老的"励志达人"。在53岁至66岁的人生暮年,他的事业依旧波澜壮阔,高潮迭起,大起大落,精彩纷呈。

在人生日暮西山的13年,他经历了赤壁之战败于孙刘联军的事业重创,也实现了两年内虎步关右、平定凉州的人生辉煌。他征孙权、争汉中、退关羽,戎马一生,直至建安二十五年(220)病逝,终年66岁。他在生命的最后时刻仍在奋斗,可谓生命不息,奋斗不止。

曹操是东汉末年深谋远虑、高瞻远瞩、气势非凡、勇往直前的一代枭雄,也是激励后世积极上进、奋发有为、坚忍不拔、锐意进取的励志榜样。曹操的《龟虽寿》,以其经天纬地之诗才,向我们展示了一位卓越政治家的人生境界与雄才大略,展现了诗人热爱生活、热爱事业、积极乐观、自强不息的进取精神,抒发了诗人不甘衰老、不信天命、追求理想、永不言弃的壮志豪情。

品读曹操的《龟虽寿》,给我们许多启示。风华是一指流沙,苍老是一段年华。风华不可能永存,苍老也无法抗拒。但是,只要我们能像曹操那样人生易老心不老,永远保持年轻的心态,我们就能不断挑战自我,不断收获成功,不断书写属于自己的精彩人生。

2021 年 7 月 26 日

主题二　家国山河

破　阵　子

〔五代〕李煜

 导读经典

　　此词作于李煜降宋之后，即作者生命的最后几年。宋军攻破金陵后，南唐后主李煜被俘，沦为阶下囚。作者以阶下囚的身份对亡国往事痛定思痛，回顾昔日的歌舞升平：那四十年来的家国基业，三千里地的辽阔疆域，竟都沉浸在一片享乐安逸之中。

　　词的上片书写了都城的繁华，下片书写了亡国之恨，由建国写到亡国，极盛转而极衰，极喜而后极悲。中间用"几曾""一旦"二词贯穿转折，不着痕迹，却有千钧之力，悔恨之情溢于言表。

　　李煜的词受李璟、冯延巳词风影响较深，语言明快，形象生动，感情真挚，特点鲜明。其亡国后的词作题材广泛，意蕴深沉，对后世词坛影响深远。

品读经典

　　四十年[1]来家国，三千里地山河。凤阁[2]龙楼连霄汉，玉树琼枝[3]作烟萝，几曾识干戈[4]？

　　一旦归为臣虏（lǔ），沈腰潘鬓（bìn）[5]消磨。最是仓皇辞庙[6]日，教坊（fāng）犹奏别离歌，垂泪对宫娥。

 **注释经典**

[1]四十年:南唐自建国至李煜作此词,为三十八年。此处四十年为概数。

[2]凤阁:别作"凤阙"。凤阁龙楼指帝王居所。

[3]玉树琼枝:别作"琼枝玉树",形容树的美好。

[4]识干戈:经历战争。干戈:武器,此处指战争。

[5]沈腰潘鬓:沈指沈约。后用沈腰指人日渐消瘦。潘指潘岳。后以潘鬓指中年白发。

[6]辞庙:离开宗庙。庙:宗庙,古代帝王供奉祖先牌位的地方。

 **雅译经典**

南唐开国已四十年,幅员辽阔,山河壮丽。高大雄伟的宫殿与天际相接,宫苑内珍贵的树木遮天蔽日,藤萝缠绕,鲜花遍地。何时经历过战事?

自从做了俘虏,心中忧思难解,憔悴消瘦,两鬓斑白。最难忘却仓皇辞别宗庙,乐队演奏着别离悲歌,生离死别,悲痛欲绝,我只能与宫女们垂泪告别。

作者简介

李煜(937—978),南唐中主李璟第六子,初名从嘉,字重光,号钟隐、莲峰居士,祖籍彭城(今江苏徐州铜山区),南唐末代君主。

北宋建隆二年(961),李煜继位,尊宋为正统,岁贡以保平安。开宝四年(971),宋太祖灭南汉,李煜去除国号,改称"江南国主",并于次年贬损仪制,撤去金陵(今南京)台殿螭(chī)吻,以示尊奉宋廷。开宝八年(975),宋军攻破金陵,李煜被迫降宋,被俘至汴京(今开封),封为右千牛卫上将军、违命侯。太平兴国三年(978),李煜死于汴京,世称南唐后主、李后主。

李煜精书法、工绘画、通音律,诗文均有一定造诣,尤以词的成就最高。

望 阙 台

〔明〕戚继光

 **导读经典**

明嘉靖中,戚继光抗击倭寇,打击海盗,转战于闽、浙、粤之间,十年间屡立战功,基本扫清倭夷,先后调任浙江参军、福建总督。这首诗就是诗人任福建总督时所作。

《望阙(què)台》概括了诗人在苍茫海域东征西讨的战斗生活,暗寓抗倭斗争的艰难困苦。诗人有感于曾一起抗倭的汪道昆被弹劾罢官,于是赋诗倾诉自己远离京师、孤立无援的境遇。诗人远望皇帝居住的宸銮(luán),仍盼望抗倭斗争能够得到朝廷的充分支持,可见其对国家、对民族的赤胆忠心。

"繁霜尽是心头血,洒向千峰秋叶丹。"这句借景抒情。诗人借"繁霜"表明心迹:诗人与将士们保家卫国的一腔热血如同繁霜,已把千峰秋叶染红,体现了诗人崇高的思想境界和高尚的爱国情怀。

 品读经典

十年[1]驱驰海色寒,孤臣[2]于此望宸銮[3]。
繁霜尽是心头血,洒向千峰秋叶丹。

 注释经典

[1]十年:指诗人调往浙江,再到福建抗倭这一段时间。从嘉靖三十四年(1555)调浙江任参将,到嘉靖四十二年(1563)援福建,前后约十年。

[2]孤臣:远离京师、孤立无援的臣子,此处是自指。

[3]宸銮:皇帝的住处。

雅译经典

在大海的寒波中,我同倭寇周旋已有十年;我站在这里,遥望京城宫阙。
我与将士们的心血如同洒在千山万岭上的浓霜,把满山的秋叶都已染红。

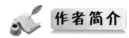 **作者简介**

　　戚继光（1528—1588），字元敬，号南塘，晚号孟诸，卒谥（shì）"武毅"，山东蓬莱人（一说祖籍安徽定远，生于山东济宁微山县鲁桥镇）。明朝抗倭名将，民族英雄，杰出的军事家、书法家、诗人。

　　戚继光在东南沿海抗击倭寇十余年，扫平了为祸多年的沿海倭患，确保了沿海人民的生命财产安全；后又在北方抗击蒙古部族内犯十余年，保卫了明代北部疆域的安全，促进了民族和平发展。他写下了十八卷本《纪效新书》和十四卷本《练兵实纪》等著名兵书，还有《止止堂集》及在各个不同历史时期呈报朝廷的奏疏。戚继光还是一位杰出的兵器专家和军事工程家，他改造、发明了各种火攻武器；他建造的大小战船、战车，使明军装备优于敌人；他富有创造性地在长城上修建空心敌台，进可攻退可守，是极具特色的军事工程。

拓展篇

春　望

〔唐〕杜甫

国破山河在，城春草木深。
感时花溅泪，恨别鸟惊心。
烽火连三月，家书抵万金。
白头搔更短，浑欲不胜簪（zān）。

州　桥

〔宋〕范成大

南望朱雀门,北望宣德楼,皆旧御路也。

州桥南北是天街,父老年年等驾回。

忍泪失声询使者:几时真有六军来?

春　愁

〔清〕丘逢甲

春愁难遣强看山,往事惊心泪欲潸(shān)。

四百万人同一哭,去年今日割台湾。

感悟篇

国破山河在

——读《春望》有感

卢雪梅

"国破山河在,城春草木深。感时花溅泪,恨别鸟惊心。烽火连三月,家书抵万金。白头搔更短,浑欲不胜簪。"文意是说:长安沦陷,只有山河依旧;春天来了,京城草木茂盛。感伤国事,看到花开而潸然泪下;内心惆怅哀怨,听到鸟鸣而胆战心惊。战火连绵不断,家书能抵万金。愁丝缠绕,思绪万端,白发越搔越短,简直不能插簪。

全诗围绕"望"字展开。"国破山河在，城春草木深。"通过写长安城草木丛生、人烟稀少，来衬托国家残破、山河飘零。"感时花溅泪，恨别鸟惊心。"有感于国家分裂、国事艰辛，看到花鸟，都为之落泪惊心。"烽火连三月，家书抵万金。白头搔更短，浑欲不胜簪。"是说烽火遍地，家信不通，思念亲人，踌躇搔首，短发稀疏，几不胜簪。"白头"是为愁所致，"搔"是想要解愁的动作，"更短"是愁的程度。这些形象的描述，使国破家亡、离乱伤痛的愁绪更进一层，也使有国才有家的诗歌内涵得到再次升华。

万物生长、欣欣向荣、姹紫嫣红、鸟语花香，春天本应是一个美好的季节，满眼绿色、满眼风光，一切都充满希望。但是，彼时长安的春天，却残破荒芜、凄凄惨惨，安史之乱让国家陷入万丈深渊，江山残缺，满目疮痍，大唐昔日的灿烂辉煌已成为过眼云烟。

《春望》创作于唐肃宗至德二年（757）三月。此时的杜甫，既目睹了叛军劫掠、焚毁长安之惨痛，又经历了四处逃难、战乱被俘之悲哀。时至春日，触景伤怀，杜甫把个人的身世与国家的苦难熔于一炉，用血和泪书写出千古绝唱，真挚地抒发了诗人渴望和平安宁、忧国忧民的爱国之情。

2020 年 5 月 16 日

四百万人同一哭

——读《春愁》有感

卢雪梅

"春愁难遣强看山，往事惊心泪欲潸。四百万人同一哭，去年今日割台湾。"这首《春愁》，是晚清著名爱国诗人、教育家、抗日保台志士丘逢甲的经典之作。

1895 年 4 月 17 日，清朝与日本签订了丧权辱国的《马关条约》，将台湾割让给日本。1896 年 4 月 17 日，即《马关条约》签订一年后，诗人痛定思痛，写下了《春愁》。诗歌真实而强烈地表达了台湾人民的心声，体现了台湾人民质朴、纯真的爱国之情。尤其是四百万人同一哭,催人泪下,振聋发聩。

一、历经苦难

纵观台湾历史,是千千万万台湾人民受苦受难、流血流泪的历史。

1624 年,荷兰殖民者强占台湾后,采用高压手段进行残暴统治。台湾人民不断进行抗荷斗争,较大规模的反抗不下二三十起,其中规模最大、影响最深远的,当数郭怀一驱荷起义。

1652 年 9 月 7 日,郭怀一聚众起义。他说:"大家同受红毛虐待,早晚难免一死。反抗死,不反抗也死,不如起而一战。"由于起义军武器多为锄头、木棍、竹竿,因此难以御敌。9 月 19 日,起义被镇压。参加这次起义的台湾人民约有 4500 人,其中约有 3000 人被杀害。"遗民忍死望恢复,几处今宵垂泪痕!"

1662 年,郑成功收复台湾,台湾终于回到祖国怀抱。但是,1895 年台湾人民再次遭遇厄运,台湾被清政府割让给日本。当割台的消息传到台湾后,台湾人民哭声达于四野,华夏裔胄,义不称倭。而《春愁》的作者丘逢甲就是义不称倭的抗争者和组织者,他以满腔的爱国热情发动和组织民众,号召台湾人民团结起来努力抗争。

二、抗日斗争

日本占领台湾之后,抗日的烽火在台湾从未停息过。

1895 年 5 月,日军开始入台。得知消息后,丘逢甲第一时间联合台绅驰电抗议,并倡议自救,率领义军抗击登台日军,因敌强我弱,最终惨败。起义失败后,为躲避追杀,丘逢甲离台。他经常往来于潮州、汕头、广州、南洋等地,为抗日筹集经费、运送武器,积极支持台湾敌后抗日斗争。

自 1895 年 5 月底日军入台至 10 月 21 日台南陷落,台湾军民经历了大小 100 多场激烈战斗,造成日寇死伤 3.28 万人。1895 年 11 月 28 日,在日本第一任台湾总督桦山资纪宣布"全岛完全平定"的十几天之后,北部义军揭竿而起,北部起义坚持数年,对日寇在台湾的统治造成了沉重打击。

1896 年 6 月 14 日,中部义军 1000 余人,在云林县斗门镇东南 10 千米处的大坪顶集会,建号"天运",改大坪顶为"铁国山",公推简精华、柯铁等为领袖,坚持斗争达 6 年之久。1898 年,林少猫等抗日义士在台湾南部竖起抗日大旗,在台南转战数年,令日本殖民政府闻风丧胆。

三、爱国情怀

从荷兰入侵到日本统治,几百年来,台湾人民一次又一次被外族欺凌,一次又一次被迫脱离祖国母亲怀抱,但是台湾人民始终心向祖国。

日本殖民者不断强化和巩固对台湾的统治,他们积极鼓励日本人到台湾岛内定居,允许台湾人自由选择国籍,妄图将台湾彻底变为日本人的居住地。面对日本人的痴心妄想,绝大多数台湾人依然选择留在台湾,用实际行动守护着故土,守护着家乡。

在不断强化和巩固对台湾的政治统治的基础上,日本殖民政府还强制推行文化上的同化政策。日本人先是在台湾建立了殖民地教育体制,1937 年又开始推行皇民化运动,如:强制普及日语,使日语逐步取代台湾用语,成为台湾全岛的通用语言;强迫学校开设日语课程,禁止私塾以汉语授课;禁止台湾人在公共场合使用方言(闽南话、客家话);禁止祭拜祖先、组织宗亲会,没收台湾人的族谱;迫使台湾人改用日式姓名;等等。

尽管如此,许多台湾人依旧穿汉服、说汉语、保持中国人的生活习俗,奉行"大丈夫行不改姓,坐不更名"的原则。台湾人民时刻提醒自己是龙的传人,他们身居宝岛,心在中华。

台湾自古就是中国不可分割的一部分,在两度脱离祖国期间,台湾人民不屈不挠,与殖民统治者进行了殊死斗争。而抗日保台志士丘逢甲,就是台湾抗日队伍中的一分子,他生于台湾、长于台湾,对台湾、对祖国有着深厚的感情。"四百万人同一哭,去年今日割台湾。"这是爱国诗人丘逢甲之痛,是台湾人民之痛,更是全中国人民之痛。

愿宝岛台湾早日回归祖国,愿两岸同胞永远相亲相爱,中华一家亲。

2019 年 8 月 22 日

第五部分　铁血丹心

　　中华民族向来崇尚英雄、歌颂英雄、礼赞英雄。英雄情结已融入每一位中华儿女的血脉之中。一代又一代中华儿女捐躯赴国难，视死忽如归，他们是中华民族的骄傲。

　　一个有希望的民族不能没有英雄，一个有前途的国家不能没有先锋。认同英雄，就是认同正确的价值观；追随英雄，就是追随真善美；颂扬英雄，就是颂扬正能量。

主题一　百战黄沙

 **品读篇**

诗经·秦风·无衣

导读经典

　　《诗经》是中国最早的一部诗歌总集,先秦时期称《诗》,又称《诗三百》。它收集了西周初年至春秋中叶 500 多年间的 305 篇诗歌。《诗经》在内容上可以分为《风》《雅》《颂》三部分,其中《风》是地方民歌,有"十五国风",共 160 篇;《雅》主要是朝廷乐歌,分《大雅》和《小雅》,共 105 篇;《颂》主要是宗庙乐歌,有 40 首。《诗经》的表现手法主要是赋、比、兴。"赋"就是铺陈(敷陈其事而直言之者),"比"就是比喻(以彼物比此物也),"兴"就是启发(先言其他事物以引起所咏之词也)。《诗经》是我国古典文学现实主义传统的源头,对后世诗歌的发展产生了深远影响。

　　《秦风·无衣》是《诗经》中最为著名的爱国主义诗篇,它是秦地(今陕西中部和甘肃东南部)人民抗击西戎入侵者的军中战歌,表现了秦国人民团结互助、激昂慷慨、同仇敌忾、英勇无畏的精神。

　　诗歌采用了重叠复沓的形式,每一章句数、字数相等,以气概取胜。

品读经典

　　岂曰无衣?与子同袍[1]。王[2]于兴师[3],修我戈矛[4]。与子同仇[5]!

　　岂曰无衣? 与子同泽[6]。王于兴师,修我矛戟 (jǐ)[7]。与子偕(xié)作[8]!

　　岂曰无衣? 与子同裳(cháng)[9]。王于兴师,修我甲兵。与子偕行!

[1]袍:长衣。行军者日以当衣,夜以当被。"同袍"是友爱之辞。

[2]王:指周王,秦国出兵以周天子之命为号召。于:语气助词。

[3]兴师:出兵。秦国常和西戎交兵。秦穆公伐戎,开地千里。当时戎族是周的敌人,与戎人打仗也就是为周王征伐,秦国伐戎以"王命"为旗号。

[4]戈矛:戈和矛都是长柄兵器。戈,平头而旁有枝;矛,头尖锐。

[5]同仇:共同对敌。

[6]泽:内衣,今指汗衫。

[7]戟:兵器名,古戟形似戈。

[8]作:起。

[9]裳:下衣,此指战裙。

谁说我们没有衣服穿?我要与你同穿那战袍。君王发兵去交战,修整我那戈与矛,杀敌与你同目标。

谁说我们没有衣服穿?我要与你同穿那内衣。君王发兵去交战,修整我那矛与戟,出发与你在一起。

谁说我们没有衣服穿?我要与你同穿那战裙。君王发兵去交战,修整甲胄与兵器,杀敌与你共前进。

九歌·国殇

〔战国〕屈原

导读经典

《九歌·国殇(shāng)[1]》是祭祀为国捐躯的将士们的祭歌。诗中不仅歌颂了将士们的英雄气概和壮烈精神,而且对洗雪国耻寄予热望,体现了诗人高尚的爱国情操。

诗歌的写作从敌胜楚败着笔,反映了楚国当时的政治和军事形势。

全诗分三节。第一节描绘车战的激烈场面,先写楚军士兵的武器和铠甲,后写两军相接,再写敌人的蜂拥而至和疯狂,最后写楚军将士的英勇无畏,突出了战斗的残酷和英雄们的坚强。第二节写楚军寡不敌众,全体将士壮烈殉国的悲壮场面。敌人疯狂而且残忍,楚军受创惨重,但是将士们威猛勇敢,宁死不屈。第三节是对为国捐躯的英雄们的赞颂,先讴歌战士们远离家乡、誓死报国的决心,然后赞美战士们刚强勇武、视死如归的精神。诗歌所表达的感情真诚、凝重、沉痛,催人奋进。

 品读经典

九歌·国殇[1]

操吴戈兮(xī)被(pī)犀(xī)甲[2],车错毂(gǔ)兮短兵接[3]。

旌(jīng)蔽(bì)日兮敌若云[4],矢交坠[5]兮士争先。

凌余阵兮躐(liè)余行(háng)[6],左骖(cān)殪(yì)兮右刃伤[7]。

霾(mái)两轮兮絷(zhí)四马[8],援玉枹(fú)兮击鸣鼓[9]。

天时怼(duì)兮威灵怒[10],严杀尽兮弃原野[11]。

出不入兮往不反[12],平原忽兮路超远[13]。

带长剑兮挟(xié)秦弓[14],首身离兮心不惩[15]。

诚既勇兮又以武[16],终[17]刚强兮不可凌。

身既死兮神以灵[18],子魂魄兮为鬼雄[19]。

注释经典

[1]国殇:指为国捐躯的人。殇:指未成年而死,也指死难的人。

[2]操吴戈兮被犀甲:手中拿着吴国的戈,身上披着犀牛皮制作的甲。吴戈:吴国制造的戈,当时吴国的冶铁技术较先进,吴戈因锋利而闻名。操:拿着。被:通"披",穿着。犀甲:犀牛皮制作的铠甲,特别坚硬。

[3]车错毂兮短兵接:敌我双方战车交错,彼此短兵相接。毂:车轮的中

心部分,有圆孔,能够插轴,这里泛指战车的轮轴。错:交错。短兵:指刀剑一类的短兵器。

[4]旌蔽日兮敌若云:旌旗遮蔽日光,敌兵像云一样涌上来,极言敌军之多。旌:用羽毛装饰的旗子。

[5]矢交坠:两军互射的箭纷纷坠落在阵地上。矢:箭。

[6]凌余阵兮躐余行:凌:侵犯。躐:践踏。行:行列。

[7]左骖殪兮右刃伤:左边的骖马倒地而死,右边的骖马被兵刃所伤。殪:死。右:指右骖。刃伤:为兵刃所伤。

[8]霾两轮兮絷四马:战车的两个车轮陷进泥土被埋住,四匹马也被绊住。古代作战,在激战将败时,埋轮缚马,表示坚守不退。霾:通"埋"。絷:绊住。

[9]援玉枹兮击鸣鼓:手持镶嵌着美玉的鼓槌,击打着声音响亮的战鼓。先秦作战,主将击鼓督战,以旗鼓指挥进退。援:拿着。玉枹:嵌玉为饰的鼓槌。枹:鼓槌。鸣鼓:声音很响亮的鼓。

[10]天时怼兮威灵怒:天地一片昏暗,连威严的神灵都震怒。天时怼:上天都怨恨。天时:上天际会,这里指上天。怼:怨恨,一作"坠"。威灵怒:威严的神灵震怒。

[11]严杀尽兮弃原野:在严酷的厮杀中战士们全部牺牲,他们的尸骨都丢弃在旷野上。严杀:酣(hān)战痛杀。弃原野:指骸(hái)骨弃在战场上。

[12]出不入兮往不反:出征以后就不打算生还。反:通"返"。

[13]平原忽兮路超远:忽:渺茫、不分明。超远:遥远无尽头。

[14]挟秦弓:挟:携、拿。秦弓:战国秦地所造的弓,以射程较远而著名。

[15]首身离兮心不惩:首身异处,壮心不改。首身离:首身异处。心不惩:壮心不改、勇气不减。惩:恐惧、悔恨。

[16]诚既勇兮又以武:诚:果然是。以:且,连词。武:威武。

[17]终:始终。

[18]神以灵:指精神永存。神:精神。

[19]子魂魄兮为鬼雄:子:指殇者。鬼雄:鬼中雄杰。虽已战死,魂魄不

死,即使做了鬼,也要成为鬼中的豪杰。

 雅译经典

手拿干戈啊身穿犀皮甲,战车交错啊刀剑相砍杀。

旌旗蔽日啊敌人如乌云,飞箭交坠啊士卒勇争先。

犯我阵地啊践踏我队伍,左骖死去啊右骖受刀伤。

埋住两轮啊绊住四匹马,手拿玉槌啊敲响那战鼓。

天昏地暗啊威严神灵怒,斩尽杀绝啊尸首弃原野。

出征不归啊向前不复返,平原迷漫啊路途很遥远。

佩带长剑啊挟带强弓弩,首身分离啊勇气冲霄汉。

着实勇敢啊作战真威武,始终刚强啊无人敢欺辱。

身虽战死啊精神万古存,你的魂魄啊是鬼中英雄。

 作者简介

屈平(约前340—约前278),字原,通常称为屈原,芈姓屈氏,战国末期楚国丹阳(今湖北秭归)人。

屈原是中国文学史上第一位留下姓名的著名爱国诗人,是最伟大的浪漫主义诗人之一,是中国浪漫主义文学的奠基人,被誉为"中华诗祖""辞赋之祖",是世界文化名人。他创造的"楚辞"文体在中国文学史上独树一帜,与《诗经》并称"风骚"。从屈原开始,中国诗歌由集体歌唱进入个人独创的新时代。

屈原是楚国重要的政治家,早年受楚怀王信任,任左徒、三闾大夫,兼管内政外交大事。吴起之后,在楚国另一个主张变法的就是屈原。他提倡"美政",主张对内举贤任能、修明法度,对外联齐抗秦。因遭贵族排挤诽谤,屈原被先后流放。公元前278年,秦将白起攻破楚国郢(yǐng)都(今湖北荆州),屈原悲愤交加,怀石自沉于汨(mì)罗江,以身殉国。

1953年是屈原逝世2230周年,世界和平理事会通过决议,确定屈原为当年纪念的世界四大文化名人之一。屈原主要作品有《离骚》《九歌》《九章》《天问》等。

拓展篇

从军行·其四

〔唐〕王昌龄

青海长云暗雪山，孤城遥望玉门关。
黄沙百战穿金甲，不破楼兰终不还。

凉州词·其一

〔唐〕王翰

葡萄美酒夜光杯，欲饮琵琶马上催。
醉卧沙场君莫笑，古来征战几人回？

少年行·其三

〔唐〕令狐楚

弓背霞明剑照霜，秋风走马出咸阳。
未收天子河湟地，不拟回头望故乡。

感悟篇

再访军垦第一犁

卢雪梅

石河子市是戈壁明珠、军垦第一城。以前因为工作、旅游等原因,我曾多次造访石河子,也多次参观过军垦第一犁、军垦博物馆、周恩来总理纪念碑等红色景区,但是每次归来总是意犹未尽,总是忘不了石河子的红色土地,忘不了坚忍不拔的军垦第一犁。今天,我们踏着兵团战士拓荒的足迹,再访石河子,再访军垦第一犁,故地重游,志得意满,终于得偿所愿。

万里无云,微风拂面。我们首先沿笔直宽阔的林荫大道,重游了高新区世纪广场、工业园、石河子大学等网红打卡地;接着又参观了军垦博物馆、艾青诗歌馆等红色教育基地。威武、气派的石河子到处洋溢着青春的气息,正如著名诗人艾青所言:"我到过许多地方/数这个城市最年轻/它是这样漂亮/令人一见倾心/不是瀚海蜃楼/不是蓬莱仙境/它的一草一木/都由血汗凝成……"诗歌《年轻的城》,是许多年前艾青先生礼赞石河子的美文,今天的石河子比当年更漂亮、更年轻。

追寻着英雄的脚步,我再次来到石河子军垦文化广场。进入广场,首先映入眼帘的是高大宏伟的屯垦戍边纪念碑。纪念碑由三部分组成,碑的主体是一把直插云霄的四棱锥形宝剑,意为兵团战士屯垦戍边、铸剑为犁。宝剑剑体高为 35.9 米,象征王震将军率领中国人民解放军第一野战军第一兵团所属的第二、六军大部(前身为南泥湾 359 旅)进驻新疆。纪念碑的东侧是一块象征着新疆版图的花岗岩浮雕,花岗岩长 8.5 米,高 7.2 米,宽 2 米,上刻有"屯垦戍边,千秋伟业"八个金色大字。纪念碑西侧是军垦第一犁青铜雕塑,雕塑的底座四周花团锦簇,庄严肃穆。

近日,在参观红色展览时,有幸近距离观看了军垦第一犁雕塑原型照片,照片上的五位兵团战士拉着犁铧,在冰雪初融的天山脚下开垦荒地。他们身形清瘦,步履沉稳,其中后边扶犁的战士,上身穿着绒线衣,下身穿条旧棉裤,棉裤屁股处还开着两个大洞,露出棉花。但是,他们意气风发,正迎着太阳奋力前行。看着雕塑原型照片,我心中充满感动。岁月静好,是因为有人在为我们负重前行。

怀着深沉的敬意,我静静地伫立在雕塑前,向代表着全体兵团战士的三位拉犁人深深鞠躬。凝望着雕塑,突然想起唐代著名诗人令狐楚的名作《少年行·其三》:"弓背霞明剑照霜,秋风走马出咸阳。未收天子河湟地,不拟回头望故乡。"诗歌抒发了大唐勇士不收回失地不回头望故乡的豪情壮志,洋溢着浓郁的爱国热情。其实,诗歌中为国而战的威武勇士,就是军垦第一犁所代表的兵团全体指战员以身许国、以身报国的真实写照,也是兵团全体指战员无私奉献、艰苦奋斗的真实缩影。雕塑中的年轻兵团战士,他们胸怀理想,义无反顾进新疆,并未"回头望故乡",因为他们听党号令,屯垦戍边,铸剑为犁,立志建设新家乡。正是有了他们的不"回头望故乡",才有了今天石河子的灿烂辉煌。

临行之时再品军垦第一犁,心中依旧热浪翻涌。在亘古荒原上,三位裸露着上身的垦荒战士,像耕牛一样拼命拉犁,深陷的双脚、勾起的脚趾、猛烈起伏的筋肉,目光坚定,奋勇向前。他们用坚实的臂膀拉出了兵团的春天,拉出了新疆的春天,拉出了共和国的春天。

2019 年 7 月 16 日

不破楼兰终不还

——读《从军行·其四》有感

卢雪梅

"青海长云暗雪山,孤城遥望玉门关。黄沙百战穿金甲,不破楼兰终不还。"意思是说:青海湖上空的阴云遮暗了雪山,站在孤城遥望着远方的玉门关。塞外身经百战磨穿了盔甲,不打败西部的敌人誓死不还。王昌龄的《从军行·其四》,意境开阔,雄浑苍茫,音色铿锵,情调激昂,堪称千古名作。

青海是指青海湖,雪山是指祁连山。玉门关,汉武帝时置,因西域输入玉石取道于此而得名。第一、二句,诗人把"青海""雪山""玉门关",用"长云""遥望"连接成串,并用"暗"字着色,勾勒、渲染出西北战场的辽阔画面与悲壮景象。这两句不仅描绘了整个西北边陲的壮阔,而且点出了"孤城"南拒吐蕃、西防突厥的重要地理位置,也从侧面抒发了戍边将士为国奉献、以苦为乐的自豪感与责任感。

第三句由情景交融的环境描写转为直接抒情。"黄沙百战穿金甲",一语中的,极有概括力。戍边时间之漫长,战事之频繁,战斗之艰苦,敌军之强悍,边地之荒凉,都于此概括无遗。"百战"比较抽象,冠以"黄沙"就突出了西北战场的特征,仿佛使人目睹了"日暮云沙古战场"的景象。"百战"而至"穿金甲",更可想见战斗之凶险激烈,也可想见这漫长的岁月中有一系列"白骨乱蓬蒿"式的壮烈牺牲。

第四句"不破楼兰终不还",抒发了盛唐戍边将士的赤胆忠心与豪迈气概。虽然盔甲磨穿,但是将士们报国的壮志并没有消磨,而是在大漠风沙的磨砺中变得更加坚定。

《从军行·其四》,并不是一首写实之作,从所涉及的地名来看,相距千里。青海湖在今青海省西宁市以西,玉门关故址在今甘肃省敦煌市以西。汉代西域有楼兰国,而唐代西域无此国。但是,诗人为了表现戍边将士的英勇无畏和爱国热忱,巧妙地把它们融为一体,最后以诗眼"不破楼兰终不还",来彰显大唐戍边将士的壮志豪情。

古楼兰是汉代西域小国,地处东西交通要冲,是丝绸之路的咽喉重镇,战略位置十分重要。弱小的古楼兰国为既得利益,特别喜欢投机取巧,对大汉的态度反复无常,而且经常联合其他小国刺杀汉使,专与大汉作对。为全线贯通丝绸之路,大汉猛士傅介子毛遂自荐前去刺杀楼兰王。他怀揣密旨,长途跋涉,率百余名勇士深入虎穴,巧施妙计,最终以智取胜,手刃楼兰王,为大汉立下了不世之功。从此,"斩楼兰"就成为大汉将士及后世建功立业的代名词。本诗中的楼兰并不是指楼兰国,而是指一切来犯之敌。

犯我中华者,虽远必诛。"不破楼兰终不还",是中华民族血性气质的凝结与升华,是大唐戍边将士保家卫国的铮铮誓言,也是盛唐边塞诗中最美、最感人的励志画面。

2014 年 6 月 18 日

主题二　精忠报国

 品读篇

祖　逖　北　伐

〔宋〕司马光

 导读经典

　　《祖逖北伐》选自司马光的《资治通鉴》。祖逖(tì)是一位受人民爱戴的优秀将领,他满腹经纶,智勇双全。东晋初年,祖逖领导北伐,曾一度收复黄河以南大片土地,所向披靡。后来,因朝廷内乱,祖逖受到东晋皇帝司马睿猜疑,北伐终止,祖逖忧愤而终。祖逖故去后,已收复的地区又相继沦陷,但祖逖的爱国精神被后世永久传颂。

　　本文通过祖逖的所言所行,展示了一代名将的胆识与气魄,表现了祖逖胸怀大志、忧国忧民、大胆进言、身体力行的优秀品格。

 品读经典

　　初,范阳祖逖[1],少有大志,与刘琨(kūn)[2]俱为司州主簿(bù)[3]。同寝,中夜闻鸡鸣,蹴(cù)[4]琨觉(jué),曰:"此非恶声[5]也!"因起舞。及渡江[6],左丞相睿(ruì)[7]以为军谘(zī)祭酒[8]。逖居京口[9],纠合骁(xiāo)健[10],言于睿曰:"晋室之乱[11],非上无道而下怨叛也,由宗室争权,自相鱼肉,遂使戎狄[12]乘隙(xì),毒[13]流中土。今遗民[14]既遭残贼[15],人思自奋,大王诚[16]能命将出师,使如逖者统之以复中原[17],郡国[18]豪杰必有望风响应者矣。"睿素无北伐之志,以逖为奋威将军[19]、豫州刺史[20],给(jǐ)千人廪[21]，布三千匹，不给铠仗[22]，使自召募。逖将其部曲[23]百余家渡江，中流，击楫(jí)[24]而誓曰："祖逖不能清中原而复济[25]者，有如大江[26]！"遂屯淮阴[27]，起冶铸兵[28]，募得二千余人而后进。

注释经典

[1]祖逖：东晋名将，字士雅，范阳遒县(今河北涞水)人。曾率部渡江北伐，得到各地人民响应，收复黄河以南地区。后得不到朝廷支持，忧愤病死。

[2]刘琨：晋代将领，著名诗人，字越石，中山魏昌(今河北无极)人。曾长期坚守晋阳(今山西太原)，招抚流亡，与刘渊、石勒相对抗；与鲜卑贵族段匹磾(dī)共抗石勒，后匹磾叛变，将刘琨杀害。

[3]司州主簿：司州，原指首都一带地区，当时的司州在今河南洛阳一带。主簿，主管文书簿籍的官员。

[4]蹴：踢。

[5]恶声：雄鸡报晓属于常规，而半夜啼鸣被认为不吉利，属于一种怪异邪恶的声音，因而被称为"恶声"。

[6]渡江：西晋"八王之乱"后，北方游牧民族入侵中原，晋王室和大批官员、百姓逃往江南，后来建立了东晋王朝。

[7]左丞相睿：左丞相是两晋特为权臣专设的名号，并非处理实际政务的宰相。睿：司马睿，后来建立了东晋政权。

[8]军谘祭酒：官职名，在战乱时期临时委任的高级军事顾问。

[9]京口：故址在今江苏镇江。

[10]骁健：骁勇雄健的军人。骁：勇武。

[11]晋室之乱：指西晋末年"八王之乱"。

[12]戎狄：古民族名。西方曰戎，北方曰狄，泛指西北少数民族。

[13]毒：祖逖把到中原争夺政权的少数民族看作一种毒害。

[14]遗民：晋室南迁后把在北方少数民族统治下的百姓叫遗民。

[15]残贼：残害。《孟子·梁惠王下》："贼仁者谓之'贼'，贼义者谓之'残'。"

[16]诚：果真。

[17]中原:当时指黄河下游地区。

[18]郡国:郡,晋时地方行政区划最高一级。国,晋朝分封的藩国。一个王常分封在一个郡,这个郡便成为他的一个国,所以郡、国属于同等的行政区划。

[19]奋威将军:西汉至南北朝时的一种将军名称。

[20]豫州刺史:豫州,在今河南东部。刺史,当时是一州的军政长官。当时的豫州并不在东晋的管辖之下,派祖逖当豫州刺史,是要他征讨收复豫州才能成为豫州刺史,同时也是限制他的职权,不给他任何州的军政职权。

[21]廪:公家发给的粮食,这里指军饷。

[22]铠仗:铠甲和兵器。

[23]部曲:当时豪门贵族的私家军队,带有人身依附性质。

[24]击楫:敲船桨。楫:船桨。

[25]不能清中原而复济:不能把中原敌人肃清就过江回来。意思指不把中原敌人肃清决不过江回来。济:渡。

[26]有如大江:大江给我作证。古人指着什么发誓,常说"有如"什么。

[27]淮阴:今江苏淮阴。晋属广陵郡。

[28]起冶铸兵:兴建冶炼工场,铸造兵器。冶:炼铁制兵器等的工场。兵:兵器。

 雅译经典

从前,范阳有一个叫祖逖的人,年轻时就胸怀大志,曾与刘琨一起担任司州的主簿。他与刘琨同睡一处,半夜时听到鸡鸣,就踢醒刘琨,说:"这不是令人厌恶的声音。"于是,两人一起起床舞剑。等到南渡长江之后,左丞相司马睿让他担任军事顾问。祖逖住在京口,聚集起骁勇强健的壮士,对司马睿说:"朝廷这场战乱,不是因为君主无道导致属下产生怨恨而叛乱,而是皇亲宗室之间为争夺权力,自相残杀,于是让戎狄乘虚而入,灾祸遍及中原。现在沦陷区的人民正遭残害,人人想奋起反抗,大王您如果能够任命将领,派出军队,让像我祖逖这样的人来做统领,光复中原,各地的英雄豪杰,一定会闻风而动,纷纷响应。"司马睿一向没有北伐的打算,就任命祖逖为奋威将军、豫州刺史,只发给他一千人的粮饷和三千匹布,不发给他盔甲和兵器,叫他自己去招兵。祖逖率领部下一百多家过长江。船到江心,他敲着船桨发誓说:"我祖逖不把中原敌人肃清,就决不再过江来,请大江给我作证!"于是,祖逖屯兵在淮阴,起炉炼铁,铸造兵器,招募到两千多人以后,继续前进。

 作者简介

司马光(1019—1086),字君实,号迂叟,北宋陕州夏县涑(sù)水乡(今山西省夏县)人,出生于光州光山(今河南光山县),世称涑水先生。北宋著名政治家、史学家、文学家,自称西晋安平献王司马孚之后代。自幼嗜学,尤喜《春秋左氏传》。司马光学识渊博,音乐、律历、天文、书数,无所不通。

宋仁宗宝元元年(1038),司马光进士及第。宋神宗时,他反对王安石变法,离开朝廷十五年,主持编纂了编年体通史《资治通鉴》。司马光历仕仁宗、英宗、神宗、哲宗四朝,官至尚书左仆射兼门下侍郎,去世后追赠太师、温国公,谥号"文正"。

破阵子·为陈同甫赋壮词以寄之

〔宋〕辛弃疾

 导读经典

《破阵子》,唐教坊曲,一名《十拍子》。这首《破阵子》约作于1188年,当时辛弃疾被免官赋闲。布衣陈亮为人才气超群,喜谈兵。辛、陈二人意气相投,抱负相同,都是力主抗金复国的志士、慷慨悲歌的词人。于是,两人鹅湖相会议论抗金,此词写于鹅湖相会之后。

此词通过追忆作者早年抗金部队雄壮的阵容和英武的气概,表达了作者杀敌报国、收复失地的理想,抒发了作者壮志难酬、英雄迟暮的悲愤心情。

辛弃疾21岁时,就在家乡历城(今山东济南)参加了抗金起义。起义失败后,他回到南宋,做过地方长官。他任职期间安定民生,训练军队,极力主张收复中原。但是,他的不懈努力却遭到排斥打压。后来,他长期不得任用,闲居近二十年。此词便是作者失意闲居信州(今江西上饶)时所作。

全词在结构上打破成规,气势磅礴,情调激昂,使壮烈和悲凉、理想和现实,形成强烈对比。前九句为一意,末一句另为一意,以末一句否定前九句。前九句写得酣畅淋漓,正为加重末一句失望之情,这种艺术手法体现了辛词的豪放风格和独创精神。

辛弃疾善于创造雄奇意境,善于捕捉细节,巧妙运用修辞,为读者生动地描绘出一位披肝沥胆、忠贞不贰、勇往直前的爱国将军形象。

 品读经典

破阵子·为陈同甫赋壮词以寄之[1]

醉里[2]挑灯[3]看剑[4],梦回[5]吹角[6]连营[7]。八百里[8]分[9]麾(huī)下[10]炙[11],五十弦[12]翻[13]塞外声[14]。沙场[15]秋[16]点兵[17]。

马作[18]的卢[19]飞快,弓如霹雳[20]弦惊。了却[21]君王天下事[22],赢得[23]生前[24]身后[25]名。可怜[26]白发生。

注释经典

[1]破阵子:词牌名。同甫:陈亮的字。

[2]醉里:醉酒之中。

[3]挑灯:点灯。

[4]看剑:准备上战场杀敌的形象。说明作者即使在醉酒之际也不忘抗敌。

[5]梦回:梦醒。

[6]吹角:军队中吹号角的声音。角:古代军队中用来发号令的号角。

[7]连营:连接在一起驻扎的军营。

[8]八百里:牛名。《晋书·王济传》《世说新语·汰侈》均记载八百里驳(bó),亦兼指连营之广,语意双关。

[9]分:分配。

[10]麾下:指部下。麾:军旗。

[11]炙:烤肉。

[12]五十弦:本指瑟,古时最早的瑟为五十弦。这里泛指军中乐器。

[13]翻:演奏。

[14]塞外声:以边塞作为题材的雄壮悲凉的军歌。

[15]沙场:战场。

[16]秋:秋季、秋天。

[17]点兵:检阅军队。

[18]作:像、如。

[19]的卢:一种性烈快马。相传刘备在荆州遇难,骑的卢马越檀溪,脱离险境。

[20]霹雳:惊雷,比喻拉弓时弓弦响如惊雷。

[21]了却:完结、完成。

[22]天下事:此处特指恢复中原之事。

[23]赢得:博得。

[24]生前:活着的时候。

[25]身后:死后。

[26]可怜:可惜。

雅译经典

　　醉里挑亮油灯观看宝剑,睡梦中听到军营号角声响成一片。把烤好的牛肉分给部下享用,奏起雄壮的塞外军歌以鼓舞军心,这是秋天在战场上阅兵。

　　战马像的卢跑得飞快,弓箭像惊雷震耳离弦。一心想替君王完成收复失地之大业,取得世代相传的美名。可惜壮志难酬,白发已生。

作者简介

　　辛弃疾(1140—1207),字幼安,号稼轩,济南府历城县(今济南市历城区)人。辛弃疾出生时,山东已为金人所占。他21岁时即参加抗金义军,曾任江西安抚使、福建安抚使等职。在文学上,辛弃疾与苏轼合称"苏辛",与李清照并称"济南二安"。由于主张抗金,与当政的主和派政见不合,辛弃疾被弹劾落职,退隐山居。辛弃疾1207年秋逝世,享年68岁。

辛弃疾是南宋爱国词人、爱国将领。作为南宋词坛一代大家,其词热情洋溢、慷慨悲壮、笔力雄厚、艺术风格多样。其主要词作有《破阵子·为陈同甫赋壮词以寄之》《青玉案·元夕》《清平乐·村居》《西江月·夜行黄沙道中》等,有《稼轩长短句》传世。

拓展篇

白 马 篇

〔汉〕曹植

白马饰金羁(jī),连翩西北驰。借问谁家子,幽并游侠儿。

少小去乡邑(yì),扬声沙漠垂。宿昔秉(bǐng)良弓,楛(hù)矢何参差(cēncī)。

控弦破左的(dì),右发摧月支。仰手接飞猱(náo),俯身散马蹄。

狡捷过猴猿,勇剽(piāo)若豹螭。边城多警急,虏骑数(shuò)迁移。

羽檄(xí)从北来,厉马登高堤。长(cháng)驱蹈匈奴,左顾凌鲜卑。

弃身锋刃端,性命安可怀?父母且不顾,何言子与妻!

名编壮士籍,不得中顾私。捐躯赴国难,视死忽如归!

从 军 行

〔唐〕杨炯

烽火照西京,心中自不平。

牙璋(zhāng)辞凤阙,铁骑绕龙城。

雪暗凋(diāo)旗画,风多杂鼓声。

宁为百夫长,胜作一书生。

塞上曲·其二

〔唐〕戴叔伦

汉家旌帜满阴山,不遣胡儿匹马还。

愿得此身长报国,何须生入玉门关。

感悟篇

英雄耿恭　江布拉克之魂

——读《白马篇》有感

卢雪梅

　　"弃身锋刃端,性命安可怀? 父母且不顾,何言子与妻! 名编壮士籍,不得中顾私。捐躯赴国难,视死忽如归!"这是曹植《白马篇》中的金句。意思是说:上战场面对着林立的刀枪,从不把安危放在心上。连父母都不能孝顺,更无法顾及儿女妻子。名和姓既已列入战士名册,就早已忘记个人私利。为解国家危难奋勇献身,把死亡看得好像回家一样。

　　曹植的《白马篇》以曲折动人的情节,塑造了一位性格鲜明、武艺高强、年轻有为的游侠形象,歌颂了英雄为国捐躯、视死如归的高尚品质。其中,"捐躯赴国难,视死忽如归"更是千古名句,广为流传。在美丽的江布拉克,也有一位英雄,他就像《白马篇》中的壮士一样,慷慨赴国难,视死忽如归。他就是江布拉克草原的守护神、草原之魂、东汉耿恭将军。

南有楼兰，北有疏勒，江布拉克草原存有东汉疏勒古城（石城子）遗址。疏勒古城历经魏、晋、隋、唐诸代，是新疆迄今为止发现的唯一保留的汉代建筑遗址，是东汉对新疆地区实行有效管辖治理的历史见证，是东汉耿恭将军率部抗击匈奴的古战场。

江布拉克为哈萨克语，是圣水之源之意，平均海拔约2200米，位于天山北麓东段。相传当年周穆王和西王母瑶池相会时，在水中纵情嬉耍，致使圣水四处飞溅。圣水飞落到天山峰峦和山巅之后，或聚集成湖泊、沼泽，或凝结成泉水、溪流。而江布拉克因受圣水恩泽出现了圣泉，美名由此而来。江布拉克东至大东沟（开垦河）与木垒毗邻，西至黑沟（白杨河）与吉木萨尔接壤，南至奇台、吐鲁番、鄯善分水处。显赫、重要的地理位置，使江布拉克成为古代兵家必争之地。

在这兵家必争之地，在这古战场，考古学者发现了耿恭将军与他的战友们使用过的战斗武器与生活用品。这些遗物，为后世留下了宝贵的历史记忆，也为后世留下了宝贵的精神财富。为探索江布拉克之谜，为再次拜谒耿恭将军，我怀着仰慕之情又一次来到东汉疏勒古城——江布拉克。

驱车进入江布拉克草原，首先映入眼帘的是山巅之上耿恭将军的巨幅雕像。将军戴头盔、披铠甲、握长枪，威风凛凛，情景酷似"西风烈，长空雁叫霜晨月。霜晨月，马蹄声碎……"著名史学家、文学家范晔在《后汉书·耿弇列传》中附耿恭传，详细记录了"疏勒城保卫战"的经过。其中提到"恭于城中穿井十五丈不得水，吏士渴乏，笮（zé）马粪汁而饮之。""乃煮铠弩，食其筋革。""复遣使召恭曰：若降者，当封为白屋王，妻以女子。""恭乃诱其使上城，手击杀之，炙诸城上……"

这段记录告诉我们，耿恭将军在汉军遭受重创、被敌人围困万千重、弹尽粮绝、身处险境、救援无望的情况下，率数百汉军喝马粪汁、吃弓弩革，铁血丹心，坚守孤城。面对匈奴的威逼利诱，将军大义凛然、视死如归，设计诱杀了匈奴使者，并以此明志，来激励全体官兵。在耿恭将军大无畏精神的感召下，全体官兵以坚定的信念、非凡的毅力，坚守孤城8个月，将数万匈奴铁骑阻挡在疏勒城之外，最终十三壮士归玉门。

惠风和畅,秋色连波。昔日的烽烟战火、金戈铁马、早已湮没于皑皑雪山、萋萋芳草之间,成为过眼云烟,不见纤尘。凝望将军横枪立马、气吞山河的战姿,好像千年之后,他仍在以一腔热血、赤胆忠心,守护着他所热爱的疏勒古城、大汉山河。

驱车继续前行,蛇形盘山路逶迤蜿蜒,一圈又一圈,一层又一层,望不到尽头,看不见边沿。盘山路两侧是高山峡谷,峰峦叠嶂,既有南山牧场的精致靓丽,又有那拉提草原的辽阔宽广;既有雪峰巍峨,又有田园牧歌。天山麦海、天山怪坡、怪石圈、花海子、一棵树、黑涝坝、空中草原、高原草甸、原始松林等景点错落有致,一气呵成,五光十色,多彩多姿。

江布拉克草原远离城市喧嚣,位于天山深处,雨水丰沛,冬暖夏凉,非常适宜小麦等农作物生长。当地农民充分利用资源优势,顺应自然气候,结合山势走向,在高坡、平地、沟壑、谷底都种上小麦、大麦。于是,万亩麦田就成为江布拉克区别于其他高山草原的鲜明标志,成为浩瀚天山山脉的一抹奇异底色,成为群山万壑的一道亮丽风景。昔日耿恭将军用生命守护的这片大汉沃土,以绵延起伏、盘旋陡峭、直插云霄的多维立体组合,被中科院誉为最美天山云端草原;以雪峰、草原、山地、麦田、鲜花、溪流等版画般的完美气质,被中科院确定为中国保护最完整的、最早的绿洲文化之一。

沿着蛇形盘山路极目远眺,高山之上,万亩旱田盘旋空中,阡陌纵横,蔚为壮观。春天麦苗青青,夏天麦浪翻滚,秋天金黄色的秸秆无边无垠,冬天山舞银蛇、云杉常青。时至秋日,虽然万亩麦田已收割完毕,只剩下金黄色的秸秆,但是金黄色的秸秆一样可与其他景致媲美,且毫不逊色。一块块秸秆麦田就像被风吹起的金黄色绸缎,在山坡和沟壑之间追逐流淌,它们与蔚蓝的天空、白色的毡房、碧绿的草原、苍翠的云杉、五彩的鲜花、银色的雪峰、褐色的土地、奔腾的溪流、吃草的牛羊、连绵的群山自然形成色差,交相辉映,构成了一幅恬静秀美、浑然天成的田园山水画卷,烟岚柔和,风光无限。

英雄的江布拉克,山川锦绣、天高云淡、溪流湍急、鲜花遍地。昔日耿恭将军以命相搏的大汉疆土,现在已成为天山臂弯下的人间仙境,已成为新疆旅游的精品线路。一眼千年,千年风骨……临出景区,最后再留恋地望一眼草原之魂、铁汉耿恭,他静静地矗立在山巅,他将永远矗立在中华儿女心中。

耿恭将军,这片当年你用生命守护的英雄草原,今天正如你所愿,山河安澜,国泰民安。

2018 年 9 月 18 日

燕赵猛士　天山雄鹰张仲瀚
——读《塞上曲·其二》有感

卢雪梅

"汉家旌帜满阴山,不遣胡儿匹马还。愿得此身长报国,何须生入玉门关。"这是唐代著名诗人戴叔伦的《塞上曲·其二》,诗歌饱含报国理想,壮怀激烈,读后让人血脉偾张,荡气回肠。

在千年之后,一位俊朗的年轻人也写下了相似的诗句:"雄师十万到天山,且守边关且屯田。塞上江南一样好,何须争入玉门关。"诗歌意境高远,磅礴大气,充分体现了无产阶级革命者不辱使命、以身报国的壮志豪情。这位俊朗的年轻人就是燕赵猛士、天山雄鹰、兵团之子张仲瀚。

张仲瀚,河北省沧县人,出身书香门第,从小聪慧好学,文笔出色,自幼随伯父在北京长大。在著名的北平平民中学读高中时,他曾自办刊物,创作发表了许多宣传民主进步思想的小说、剧本。1933 年,18 岁的张仲瀚加入了中国共产党。1937 年,日军全面侵华,张仲瀚登高一呼,在河北组建起一支 2000 余人的抗日武装,随后遵照党组织决定,将这支抗日力量完好交与人民自卫军司令吕正操。1938 年,23 岁的张仲瀚再次在家乡沧州组建起一支 2000 余人的抗日队伍,并归属贺龙麾下,成为八路军 120 师 359 旅 719 团团长。

张仲瀚在抗日战争期间曾任河北民军司令、冀中军区津南抗日自卫军司令、八路军 120 师津南自卫军司令员、359 旅南下军分区司令员等职务。新中国成立初期,文武双全、意气风发、年轻有为的他,原本可以有更好的选择,可以有更高的职位。但是,当王震将军问他是跟着贺龙司令员去大西南,还是跟着 359 旅进新疆时,他不假思索地做了选择:进新疆。他的理想是到最艰苦的地方去,到祖国最需要的地方去。

20 世纪 50 年代初的新疆,大漠孤烟,茫茫戈壁,工作环境极为艰苦。兵团官兵仗剑扶犁,带枪耕地,喝涝坝水,住地窝子,每天工作 10 个小时以上,还要时刻准备与隐藏在亘古荒原的各类野兽搏斗。尤其是进疆部队集体转为生产建设兵团建制后,许多官兵面对脱下军装终身务农,怅然若失;部分官兵思想动摇,想返回家乡。张仲瀚及时深入一线,安抚军心,与兵团战士近距离交流,随时用 359 旅南泥湾精神鞭策鼓励,并挥毫赋诗:"雄师十万到天山,且守边关且屯田。塞上江南一样好,何须争入玉门关。"

他抡起坎土曼(新疆的一种铁制农具),带领兵团战士在荒无人烟的戈壁沙滩修建起军垦第一城——石河子;他深入边关腹地,亲自为阿勒泰农十师师部选址,并定名北屯;他发挥艺术天赋,创建了兵团艺术剧院;他重视兵团战士文化生活,给兵团文学刊物《绿洲》题名;他谋划、筹备、创办了兵团农学院(今石河子大学),加速了兵团农业科技进步;他急国家之所急,应国家之所需,主动为国家分忧,在三年困难时期,从兵团调拨数百万斤粮食接济关内。

他挺拔俊秀,能文能武。在延安时期,他亮相八路军大礼堂,演出《四进士》,轰动边区。20 世纪 50 年代,他在新疆又与享誉中外的"四大名旦"之一程砚秋先生,同台演出京剧《汾河湾》《打渔杀家》,博得新疆军民满堂彩。他骁勇善战,威震敌胆,抗日名将续范亭在南泥湾为他赋诗:"镇边将军问是谁,燕赵男儿贵姓张。"他走遍新疆的山山水水,为新疆留下许多经典诗篇:"人称新疆好,地阔天无疆。远山蜃楼动,平沙海市映。壮士五湖来,浩浩慨而慷。君有万夫勇,莫负好时光。"

他对新疆有着长远的规划,有着美好的憧憬。但是,在他干事创业的人生黄金时期,却遭遇不幸。1980 年 3 月 9 日,"无衔将军"张仲瀚在北京病逝。他在生命的最后时刻,还在惦念着新疆的发展,惦念着新疆各族人民。他忍着病痛深情地写道:"我是这样地想念我的第二故乡新疆,只要一闭眼睛,我就仿佛置身于那些美好的回忆之中……"(原载于 1979 年 1 月 8 日《新疆日报》,收入中共新疆维吾尔自治区委员会组织部 1980 年编《豪情忆征程》,新疆人民出版社 1980 年版,第 64 页）

1993 年,张仲瀚的骨灰被运回新疆,他终于回到了心心念念的第二故乡,并让自己伴随着美丽的鲜花,长眠于天山脚下,长眠于新疆大地。

"愿得此身长报国,何须生入玉门关。"军垦之魂、兵团之子、天山雄鹰张仲瀚永远活在新疆人民心中!

2017 年 5 月 26 日

第六部分 江山多娇

江山如此多娇,引无数英雄竞折腰。

辽阔神州,北有黑土森林,南有青山绿水,东有汪洋无垠,西有皑皑雪山……

江河湖海,日夜奔腾;五岳群山,巍然屹立;松柏云杉,苍翠欲滴;大漠孤烟,长河落日;茫茫宇宙,浩瀚星空;泱泱中华,江山壮丽。

主题一　雪满关山

品读篇

白雪歌送武判官归京

〔唐〕岑参

 导读经典

　　岑参曾两度出塞,久佐戎幕,先后在边疆军营中生活六年,因而对鞍马风尘的征战生活与冰天雪地的塞外风光有长期的观察与体会。此诗是岑参边塞诗的代表作,作于他第二次出塞阶段。此时,他很受安西、北庭节度使封常清器重,充任判官(节度使的僚属),而其前任武判官将离任返京,诗人在轮台送武判官归京时写下了此诗。

　　诗人以敏锐的观察力和浪漫奔放的笔调,描绘了祖国西北边塞的壮丽景色,勾勒出边塞军营送别归京使臣的热烈场面,表现了诗人和戍边将士以苦为乐、无私奉献的爱国热情,以及送别战友、依依惜别的真挚感情。

　　全诗化景为情,慷慨悲壮,奇中有丽,丽中有奇,意境辽阔,开合自如,以浪漫奇丽的笔调,从根本上扭转了边塞诗风,使边塞诗由苦寒幽怨走向阳刚壮美,堪称盛世大唐边塞诗压卷之作。其中"忽如一夜春风来,千树万树梨花开"等诗句已成为千古传诵的名句。

 品读经典

　　北风卷地白草[1]折(zhé),胡天[2]八月即飞雪。
　　忽如一夜春风来,千树万树梨花[3]开。

散(sàn)入珠帘^[4]湿罗幕,狐裘(qiú)不暖锦衾(qīn)薄(bó)^[5]。

将军角弓^[6]不得控,都护^[7]铁衣冷难着(zhuó)。

瀚海^[8]阑干百丈冰,愁云惨淡^[9]万里凝。

中军^[10]置酒饮归客,胡琴琵琶与羌笛^[11]。

纷纷暮雪下辕(yuán)门^[12],风掣(chè)红旗冻不翻^[13]。

轮台^[14]东门送君去,去时雪满^[15]天山路。

山回路转^[16]不见君,雪上空留马行处。

注释经典

[1]白草:西北的一种牧草,晒干后变白。折:折断、弄断。

[2]胡天:指塞北的天空。胡:古代汉民族对北方各民族的通称。

[3]梨花:春天开放,花为白色。这里比喻雪花积在树枝上,像梨花开了一样。

[4]珠帘:用珍珠串成或饰有珍珠的帘子,形容帘子的华美。罗幕:用丝织品做成的帐幕,形容帐幕的华美。这句说雪花飞进珠帘,沾湿罗幕。"珠帘""罗幕"都是美化的说法。

[5]狐裘:狐皮袍子。锦衾:锦缎做的被子。锦衾薄:盖上丝绸被子都显得单薄,形容天气寒冷。

[6]角弓:两端用兽角装饰的硬弓,一作"雕弓"。

[7]都护:守卫边镇的长官,此为泛指,与上文的"将军"是互文。

[8]瀚海:沙漠。

[9]惨淡:昏暗无光。

[10]中军:称主将或指挥部。古时分兵为中、左、右三军,中军为主帅的营帐。

[11]胡琴琵琶与羌笛:胡琴等都是当时西域地区的民族乐器。这句是说在饮酒时演奏少数民族乐曲。羌笛:羌族的管乐器。

[12]辕门:军营的门。古代军队扎营,用车围作屏障,出入处以两车车辕相向竖立,状如门。这里指帅衙署的外门。

[13]风掣红旗冻不翻:红旗因雪而冻结,风都吹不动了。一言旗被风往

一个方向吹,给人以冻住之感。掣:拉、扯。

[14]轮台:诗人以轮台代指北庭,代指唐朝对西域的管辖。注:"今吉木萨尔县城以北11公里处有北庭故城遗址,系国务院第三批公布的全国重点文物保护单位。故城规制宏大,气势雄伟,断壁颓垣间依稀可见当年作为军事重镇的面目。这里就是岑参当年供职的地方,也就是岑参诗中屡见的轮台。岑参诗中乃是以轮台指称北庭;或者说,北庭既可称北庭,也可称轮台。长安二年(702),庭州改为北庭都护府,成为天山东段三个州的军事指挥中心,于是,朝廷内外就转而将北庭称'轮台'。及至开元二十一年(733),又改北庭都护府为北庭节度使,更强化了它的军事地位,轮台毫无疑义地成了北庭的专属称谓。"(选自《八月"梨花"何处开?——谈岑参诗中的"轮台"》,作者薛天纬、吴华峰,《新疆日报》2013年10月15日)

[15]满:铺满。此处为形容词活用为动词。

[16]山回路转:山势回环,道路盘旋曲折。

 雅译经典

> 北风席卷大地把白草吹折,塞北天气八月就纷纷落雪。
>
> 忽然间宛如一夜春风吹来,好像是千树万树梨花盛开。
>
> 雪花散入珠帘打湿了罗幕,狐裘不暖锦被也太过单薄。
>
> 将军都护手冻得拉不开弓,铁甲冰冷实在让人难穿着。
>
> 沙漠千里纵横交错百丈冰,万里长空凝聚着惨淡愁云。
>
> 主帅帐中摆酒为归客饯行,胡琴琵琶羌笛合奏来助兴。
>
> 傍晚辕门前大雪下个不停,红旗冻僵风无法将它翻动。
>
> 轮台东门外送你远去归京,在天山雪路望你向东远行。
>
> 山路迂回曲折已看不见你,雪地只留下一串串马蹄印。

 作者简介

岑参(715—770),南阳人,唐朝著名诗人,唐太宗时期宰相岑文本曾孙,边塞诗代表人物。现存诗403首,其中70多首为边塞诗,与高适并称"高岑"。幼年丧父,家道中落,刻苦读书。天宝三年(744)中进士,做过兵曹参军等小官。

天宝八年(749),岑参随节度使高仙芝入安西,在高幕中任掌书记,胸怀报国壮志,希望在戎马生涯中施展宏图,但未能实现,两年后回到长安。天宝十三年(754),又随节度使封常清出任安西、北庭判官,驻轮台。安史之乱后,肃宗即位,岑参从西域回到长安,在杜甫和房琯(guǎn)的推荐下,任朝中右补阙。由于直言敢谏,屡受排挤,大历元年(766)做嘉州刺史,不久罢官。55岁时,岑参客死成都旅舍。岑参曾两度出塞,熟悉边塞风光和军旅生活,被认为是历代"边塞诗人"中成就最高的一位。他的诗歌想象丰富,气势磅礴,流畅新奇,感情奔放,尤以七言歌行见长。

塞上听吹笛

〔唐〕高适

 **导读经典**

《塞上听吹笛》,又名《和王七玉门关听吹笛》,是唐代著名边塞诗人高适在西北边塞从军时所作。诗人当时在哥舒翰幕府任职,对边塞生活有着深刻体验。诗歌通过丰富奇妙的想象,描绘了一幅优美恬静的塞外春光图,反映了边塞生活祥和安宁的一面。全诗采用虚实结合的手法,在虚实交错、时空穿梭之间,把战士思乡之情与戍边之志有机结合起来,构成了一幅瑰丽寥廓、委婉动人的画卷。诗歌虚实相间,刚柔相济,构思精巧,情思含蓄,意境深远,不落俗套,独具一格。

高适是盛唐边塞诗的领军人物,"雄浑悲壮"是他的边塞诗的突出特点。高适曾两度出塞,去过辽阳,到过河西,边关风雨铸就了他豪迈粗犷的诗风。但是,《塞上听吹笛》别出心裁,冰清玉洁,给他的边塞诗增添了几分清丽色彩。

 **品读经典**

塞上[1]听吹笛

雪净胡天牧马还[2]，月明羌笛戍楼[3]间。

借问梅花何处落[4]，风吹一夜满关山[5]。

 注释经典

[1]塞上：指凉州(今甘肃武威)一带边塞。

[2]雪净：冰雪消融。胡天：指西北边塞地区。牧马：放马。西北少数民族以放牧为生。牧马还：牧马归来。一说指敌人被击退。

[3]戍楼：报警的烽火楼。

[4]梅花何处落：此句一语双关，既指想象中的梅花，又指笛曲《梅花落》。《梅花落》属于汉乐府横吹曲，善述离情，这里将曲调《梅花落》拆用，嵌入"何处"两字，从而构思成一种虚景。

[5]关山：这里泛指关隘山岭。

 雅译经典

冰雪融尽，入侵的胡兵已经悄然返还。月光皎洁，悠扬的笛声回荡在戍楼间。

试问饱含离情的《梅花落》飘向何处？笛声像梅花一样随风一夜落满了关山。

作者简介

高适(约704—约765)，字达夫，唐朝渤海郡(今河北景县)人，后迁居宋州宋城(今河南商丘)，唐代著名边塞诗人，曾任刑部侍郎、散骑常侍、渤海县侯，世称高常侍。

高适与岑参并称"高岑"，有《高常侍集》等传世。其诗笔力雄健，气势奔放，洋溢着盛唐时期所特有的奋发进取、蓬勃向上的时代精神。后人又把高适、岑参、王昌龄、王之涣合称"边塞四诗人"。

拓展篇

塞下曲·其一

〔唐〕李白

五月天山雪,无花只有寒。
笛中闻折柳,春色未曾看。
晓战随金鼓,宵眠抱玉鞍。
愿将腰下剑,直为斩楼兰。

使 至 塞 上

〔唐〕王维

单车欲问边,属国过居延。
征蓬出汉塞,归雁入胡天。
大漠孤烟直,长河落日圆。
萧关逢候骑,都护在燕然。

渔家傲·秋思

〔宋〕范仲淹

塞下秋来风景异,衡阳雁去无留意。四面边声连角起。千嶂里,长烟落
日孤城闭。

浊酒一杯家万里,燕然未勒归无计。羌管悠悠霜满地。人不寐,将军白
发征夫泪。

感悟篇

千树万树梨花开

——读《白雪歌送武判官归京》有感

卢雪梅

"北风卷地白草折，胡天八月即飞雪。忽如一夜春风来，千树万树梨花开。"这是岑参《白雪歌送武判官归京》中的名句，脍炙人口，家喻户晓。岑参一生作诗400余首，其中边塞诗有70余首，与北庭相关的有30余首。岑参两度出塞，在西域边疆生活了5年多时间，在北庭任职时间较长，对北庭的自然气候、人文地理非常熟悉。因此，他的边塞诗真实、自然，既描绘了雄浑、辽阔、瑰丽、壮美的西域风光，又体现了浓郁、深厚、多元、奇特的北庭风情。《白雪歌送武判官归京》就是他第二次来西域，在北庭都护府任职时的杰作。

"散入珠帘湿罗幕，狐裘不暖锦衾薄。将军角弓不得控，都护铁衣冷难着。瀚海阑干百丈冰，愁云惨淡万里凝。中军置酒饮归客，胡琴琵琶与羌笛。"《白雪歌送武判官归京》以其浪漫的笔调，勾勒出瑰奇壮丽的西域北庭雪景，表现了戍边将士不畏艰苦、以苦为乐的英雄气概。诗歌想象奇特，意境宽阔，从根本上扭转了边塞诗风，使边塞诗的内涵由苦寒幽怨走向阳刚壮美。

一、"千树万树梨花开"彰显了西北汉子之浪漫

刘勰在《文心雕龙·物色》中说："是以四序纷回，而入兴贵闲；物色虽繁，而析辞尚简；使味飘飘而轻举，情晔晔而更新。"意思是："一年四季的景色虽然多变，但写到文章中去要有规则；事物虽然繁杂，但描写它们的词句应该简练；要使得作品的味道好像不费力地流露出来，情趣盎然而又格外清新。"在这里，刘勰强调了要抓住物色的要点，做到"物色尽而情有余"。而岑参正是抓住了塞北天气骤变的特点，把恶劣的自然环境写得情趣盎然，铁血浪漫。

八月飞雪，边塞苦寒。那么，岑参为什么就能以苦为乐呢？

唐朝的疆域幅员辽阔，因而边境战争频繁。随着民族经济文化交流日益

广泛,人们对边塞生活开始关注关心,对边塞的了解也日渐加深。人们对边塞不仅不感到荒凉可怕,而且感到新鲜稀奇。部分仕途失意的文人,便把立功边塞当作求取功名的新路径。岑参就是这样一位文人。

岑参在《发临洮将赴北庭留别》中写道:"闻说轮台路,连年见雪飞。春风曾不到,汉使亦应稀。白草通疏勒,青山过武威。勤王敢道远,私向梦中归。"岑参在诗中主要表达的是:北庭虽然遥远艰苦,很少有汉使到这里逗留,但是为了戍边卫国、勤王立业,就不觉得遥远艰苦了。这首留别诗是诗人爱国情怀的最好诠释。于是,在《白雪歌送武判官归京》中,诗人将美丽的心境外化,在色彩、动静的对比中创造了"万树梨花"的奇丽景象,为我们展示出西北汉子之铁血浪漫。

二、"北风卷地白草折"描绘了北庭风势之猛烈

"白草",是西北的一种野草,多生于海拔 800—4600 米的山坡和较干燥之处,性坚韧,然经霜则脆,故易断折。白草在北庭沙滩随处可见,它与红柳、梭梭柴等植物一样,具有极强的抗严寒、冰雪、风沙、干旱能力。但是,白草已被西北风卷折,说明风势之猛,让人望而生畏。岑参的另一首经典《走马川行奉送封大夫出师西征》中,也同样描绘了西北风的猛烈。如:"轮台九月风夜吼,一川碎石大如斗,随风满地石乱走。""将军金甲夜不脱,半夜军行戈相拨,风头如刀面如割。"这些诗句再现了气温骤降、天气寒冷、西北风漫卷北庭、北疆地区天昏地暗的情形,真实自然,笔力强劲,为后世研究西域天气变化提供了宝贵的历史资料。

岑参任职的北庭都护府所在地吉木萨尔县,现距乌鲁木齐市约 190 千米,交通便利、经济发达,是北疆沙漠绿化、防沙护林的排头兵。但在戈壁沙漠,若遭遇极端天气,依旧是"随风满地石乱走"。遥想岑参所处的唐代,北庭都护府以北戈壁连戈壁,沙漠接沙漠,没有林带,没有屏障,西北风席卷而来,势不可当,"白草折"也就很平常了。

三、"瀚海阑干百丈冰"再现了北庭风光之壮美

"瀚海阑干百丈冰",一望无际的戈壁沙漠上纵横交错着百丈厚的坚冰。诗人极力描绘了雪中天地的整体形象,浩大苍茫、无边无垠,以亲历者的手笔再现了戈壁的雄浑、大漠的壮美,为北庭历史文化研究留下了深刻记忆。

(一)瀚海阑干之特

当年的北庭人烟稀少,戈壁沙漠纵横。在岑参战斗过的北庭都护府以北,是绵延数千平方千米的将军戈壁和新疆第二大沙漠——古尔班通古特沙漠。1亿5000万年前,这里曾是原始森林,曾是蔚蓝的大海……经过地壳、气候等变化后,参天大树被埋在地底,最终硅化成石。往事越千年,沧桑巨变,大自然的鬼斧神工,在北庭地区遗留了硅化木、古海洋生物化石、恐龙遗骸等珍贵的科普材料;遗留了五彩湾、魔鬼城等地质奇观。当年岑参笔下沙漠纵横的"瀚海阑干",现在已成为全国独有、举世罕见的原始多重性大型戈壁沙漠奇异风景;岑参时代人迹罕至的万古荒原,现在已开发出石油、天然气、煤炭等资源。

(二)百丈冰之寒

"胡天八月即飞雪",这里的八月是农历,相当于公历的十月。农历八月,中原正秋高气爽,但是塞外则不同,风云难测,变化无常。北风卷雪后,接着是气温骤降,天寒地冻,茫茫戈壁很快就结成"百丈冰"。在这里,岑参以一个经历了严寒的当事人的视角观察了八月飞雪,写出了边塞自然气候之恶劣。

当年北庭都护府所在地吉木萨尔县,现在依旧是昌吉州冬季气温较低的地方。该县在天山脚下,即出轮台东门而直至天山。天山孤拔,常年被积雪覆盖,无花只有寒;加之吉木萨尔县以北是广袤戈壁,风势凶猛,更加剧了严寒。目前,当年的"瀚海阑干",虽已是井架林立,油田、煤田纵横交错,冬季气温明显回暖,但是沙漠腹地冬季最低气温仍在 $-35℃$ 以上。由此可以推断,在千年以前的唐代,北庭地区到寒冬腊月,肯定比"将军角弓不得控,都护铁衣冷难着"更寒冷。

四、"胡琴琵琶与羌笛"展现了民族团结之和美

"中军置酒饮归客,胡琴琵琶与羌笛。"意思是:在军中主帅的营帐中摆设酒宴,为归京的战友送行,胡琴、琵琶与羌笛演奏出热烈欢快的乐曲。风雪边关,天寒地冻,戍边将士无怨无悔,以苦为乐,把酒言欢,开怀畅饮;各民族兄弟欢聚一堂,琴笛合奏,载歌载舞,把送别宴会推向高潮。

胡琴是古代西北地区少数民族所用乐器的统称。琵琶,在中国已有两千多年的历史。唐时,大量异域乐器传入中原,琵琶也在其中。由西域传入中原的琵琶是曲颈琵琶,唐代乐工巧妙地将中原的传统直颈琵琶与外来的曲颈琵琶结合起来,保留了曲颈琵琶梨形曲颈的形制特点,并且在演奏姿势(由横抱到直抱)、演奏方法(由用拨片改为手弹)等方面均进行了重大的变革,使琵琶成为唐代歌舞音乐的主要伴奏乐器。羌笛是笛子的一种,最早流行于羌族,音调高亢清越,音色悠扬。

胡琴、琵琶、羌笛均为边疆少数民族乐器,却在军中主帅的营帐中音韵相和,琴笛和鸣。欢乐的酒宴,优美的乐曲,在这里,诗人以柔和的笔调,再现了西域边疆各民族兄弟和睦相处的真实场景,充分展示了戍边将士乐观豪迈的精神风貌。

岑参的《白雪歌送武判官归京》,以轻松、活泼、乐观、浪漫的语调,把边疆风雪写成了江南春色,创意奇特,想象丰富。戈壁大漠寒冷恶劣的自然环境,却成了诗人衬托戍边将士豪情壮志的雄奇景观。诗人突破了以往戍边诗写边疆苦寒和士卒望归的传统格局,改变了边塞诗深沉、凝重的特点,突出展示了壮美雄浑的边塞风光以及戍边将士追求建功立业的英雄气概,也充分展示了西北汉子不畏艰难、以苦为乐的铁血浪漫。

2014 年 5 月 28 日

五月天山雪
——读《塞下曲·其一》有感

卢雪梅

"五月天山雪,无花只有寒。笛中闻折柳,春色未曾看。晓战随金鼓,宵眠抱玉鞍。愿将腰下剑,直为斩楼兰。"唐代著名浪漫主义诗人李白的《塞下曲·其一》通过描写边塞地区苍凉的自然景观和艰苦的生活环境,以及戍边将士随时准备出征、誓死卫国的战斗状态,表现了戍边将士对故乡的思念和对国家的忠诚,诗歌洋溢着浓郁的爱国主义热情。

一、五月天山雪,无花只有寒

首联"五月天山雪,无花只有寒"扣紧主题。农历五月,关内正值盛暑,艳阳高照,姹紫嫣红。韩愈在《题榴花》中写道:"五月榴花照眼明,枝间时见子初成。可怜此地无车马,颠倒青苔落绛英。"张建封在《竞渡歌》中赞叹:"五月五日天晴明,杨花绕江啼晓莺。使君未出郡斋外,江上早闻齐和声。"但是,五月的天山与关内迥然不同,天山尚有"雪"。这里的雪不是飞雪,而是积雪。天山孤拔寒冷,终年被积雪覆盖,关内早已鲜花盛开、万紫千红,但天山依旧北风呼啸、白雪皑皑。这里的"天山雪""无花""只有寒",一是描述盛夏边塞奇景,二是点出地理位置"西域",三是透露出诗人的心绪波动,揭示边地苦寒。仲夏五月尚且"无花",其余三时(尤其是冬季)的寒冷可想而知。

开头两句举一反三,语淡意浓。同时,"无花"双关不见花开之意。诗人以敏感的边塞恶劣自然气候开篇,促使读者不由自主地与关内温润气候形成对比,用心巧妙,虽轻描淡写,却让我们深刻体会到大唐将士在苦寒之地戍边之艰辛。

西域是李白的故乡,成年后的李白虽然没能重返他心心念念的儿时家园,但是他对故乡的景致依然记忆犹新,所以娓娓道来,描述精准。穿越千年,在一千多年后的今天,虽然全球变暖,但是新疆天山雪峰依旧终年积雪,寒风刺骨。巍峨的雪峰高耸入云,银光闪闪,五月飞雪在天山深处不足为奇。

以天山天池为例。博格达峰海拔 5445 米,四季不甚分明,9 月下旬至次年 5 月底为积雪期,积雪深厚。《新疆图志》的编修人王树楠曾赞叹道:"南山伸臂云天处,西域昂头到日边。"沿着崎岖陡峭的盘山路,行走在天山天池茂密的云杉深处,哪怕山外烈日炎炎,山间依旧寒风习习。遥想千年之前,空旷大漠,人迹罕至,连绵天山只会比现在更加寒冷。但是面对艰苦恶劣的自然环境,战士们不退缩,不抱怨,坚守阵地,枕戈待旦,只能让诗人、让当代的我们更加敬爱。诗歌的前两句不做任何雕琢,以自然的笔触书写了边地苦寒,为颔联"笛中闻折柳,春色未曾看"埋下了伏笔。

二、笛中闻折柳，春色未曾看

颔联"笛中闻折柳，春色未曾看"意思是说：军营中传出悦耳的笛声，《折杨柳》的曲调委婉动听，这是伤春惜别之辞，但是边关无柳可折，更看不到杨柳依依、春意融融。"折柳"即《折杨柳》曲的简称，是南朝宫体诗人萧纲创作的，曲调柔情似水，清丽缠绵。依照五律诗的惯例，诗歌一般会在颔联做意思上的转承，但是李白突破了格律诗的藩篱，豪放不羁，气脉直行，颔联仍不肯收敛苍凉悲壮的情绪，就首联顺势而下，进入笛中闻折柳。"闻折柳"的笛声，既暗含了惆怅伤怀、思乡离别之意，又映衬出将士远征戍边、思念亲人的情感。故乡春天的美景、亲切的风物，战士只能在笛曲之中去感受了。在这里，诗人用情专注、语浅情深，借笛声渲染烘托了外在氛围，也为颈联"晓战随金鼓，宵眠抱玉鞍"做好了铺垫。

三、晓战随金鼓，宵眠抱玉鞍

颈联"晓战随金鼓，宵眠抱玉鞍"紧接颔联，继续描写边塞生活的场景。意思是说：白天随金鼓之声作战，晚上抱着马鞍入眠。"金鼓"，古代军中指挥士卒进退的锣鼓，击鼓进军，鸣锣收兵。"随"字，揭示出戍边部队军纪严明，白天战士们随鼓声冲锋陷阵、奋勇杀敌，时刻处于临战状态。"玉鞍"，马鞍，用"玉"来修饰，体现朝廷军队的高贵与威严。"晓战"与"宵眠"，互文见义，概括军中典型的生活常态。战士们每天只做两件事：作战、休息。"抱"字刻画出边境战区严阵以待，戒备森严。夜晚战士们高度警觉，唯恐被偷袭，抱着马鞍睡觉，随时准备上马迎敌。在这里，诗人饱含深情，将战地军旅生活的紧张劳顿、边塞将士时刻准备应战的英勇机警、戍边官兵保家卫国的战斗姿态跃然纸上，充分体现了盛唐时期边塞勇士开边报国、杀敌立功的豪情壮志。

四、愿将腰下剑，直为斩楼兰

尾联"愿将腰下剑，直为斩楼兰"单刀直入，呼应主题。意思是说：我要用腰间的宝剑，平定边疆，为国立功。楼兰是汉代西域的一个小国，汉昭帝时，楼兰王屡次袭杀汉使，大将军霍光为保障丝绸之路畅通，派遣傅介子刺杀楼兰王。傅介子到达楼兰后，假称"汉使者持黄金锦绣行赐诸国"，设计把"贪汉物"的楼兰王诱入汉使帐中，然后使"壮士二人从后刺之，刃交胸，立死"。首鼠两端的楼兰王终于被诛杀,这一壮举霎时震惊了西域,其作用是杀一儆百。傅介子则被朝廷称赞为"以直报怨,不烦师众",也因此被封为义阳侯,"斩楼兰"典故便出于此。从此以后,"斩楼兰"就成为后世建功立业的代名词。在这里,"斩楼兰"泛指消灭一切来犯之敌。

尾联用字精当,简洁明快,如奇峰突兀而起,溢满干云豪气。"愿",心甘情愿;"腰下剑",腰上的佩剑,喻指全身的本事;"直为",只为了;"斩楼兰",巧妙用典。诗人借战士之口,表达了自己与全体戍边将士的心声,语气慷慨,掷地有声,既有"黄沙百战穿金甲,不破楼兰终不还"的坚定执着,又有"天下兴亡,匹夫有责"的责任担当;既是边塞将士杀敌报国、建功立业的豪迈誓言,也是盛唐子民以身许国、舍生取义的爱国宣言,爱国之情再次喷薄而出。

边塞诗由来已久,并非盛唐独有,《诗经》中《采薇》《小雅·六月》等诗篇就是边塞诗的经典。在这些经典中,有对从军出塞、边关风情的描写,也有追求和平、反对战争的渴望,多以边塞苦寒、将士思归等为主要内容。边塞诗一路从《诗经》走来,像一朵凄美的异域奇葩,开在西域楼兰,开在大漠黄沙,以烈火的颜色点燃了戍边将士的斗志,激励着一代又一代勇士披坚执锐、厉兵秣马。

李白的名作《塞下曲·其一》是大唐戍边勇士蓄势待发的集结号角,是盛唐时期中华民族踔厉奋发的时代强音。诗歌以壮阔豪迈的气概、苍凉雄浑的意境,为我们展现出一派磅礴、悲壮、浪漫、瑰丽、凄而不悲、苦而不怨、赤胆忠心、立志报国的盛唐气象,表现了盛唐诗人以及盛唐将士高尚的爱国情操和深厚的家国情怀。

2022 年 9 月 20 日

主题二　锦绣河山

品读篇

山 川 之 美

〔南北朝〕陶弘景

导读经典

　　《山川之美》选自南朝文学家陶弘景的《答谢中书书》。《答谢中书书》是陶弘景写给朋友谢中书的一封书信，以感慨山川美景发端，一切景语皆情语。

　　山川之美，古来共谈。人必须有一双善于发现美的眼睛，有高雅情怀的人才能领略山川之美。而将获得的美感与友人交流，更是人生一大乐事。作者用笔洗练，以清峻的笔触描绘了秀美的山川景色，极力展示了山之高，水之净。在他的笔下，白云、高山、流水三重风物境界清新，青翠的竹木与五彩的山石相互映衬，猿鸟的鸣叫声穿越了清晨即将消散的薄雾，夕阳的余晖中鱼儿在水中竞相嬉戏，惬意快哉。

　　作者欣赏美景、赞叹美景，却没有仅仅停留在景物本身，而是抓住景物的灵魂，即自然万物的勃勃生机，来传达自己与美丽大自然相融合的生命愉悦，以及从山川之美中发现的无穷乐趣。

品读经典

　　山川之美，古来共谈。高峰入[1]云，清流见底。两岸石壁，五色交辉[2]。青林翠竹，四时[3]俱[4]备。晓雾将歇[5]，猿鸟[6]乱鸣。夕日欲颓[7]，沉鳞竞跃[8]。实是欲界之仙都[9]。自康乐[10]以来，未复有能与[11]其奇者。

注释经典

[1]入:插入。

[2]五色交辉:这里形容石壁色彩斑斓。五色:古代以青、黄、黑、白、赤为正色。这里指很多颜色。交辉:交相辉映。

[3]四时:四季。

[4]俱:全部。

[5]晓:清晨。歇:消散。

[6]猿鸟:猿猴和鸟雀。

[7]夕日欲颓:太阳快要落山了。颓:坠落。

[8]沉鳞竞跃:潜游在水中的鱼争相跳出水面。沉鳞:潜游在水中的鱼。

[9]欲界之仙都:人间仙境。欲界:此处指人间。仙都:神仙生活的美好世界。

[10]康乐:指中国第一位山水诗人谢灵运,他继承祖父的爵位,被封为康乐公。

[11]与:参与。

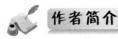 **雅译经典**

山川景色的美丽,自古以来就是文人雅士共同欣赏赞叹的话题。巍峨的山峰高耸入云,明净的溪流清澈见底。两岸的石壁色彩斑斓,交相辉映。青葱的林木,翠绿的竹丛,四季常青。清晨的薄雾将要消散的时候,传来猿、鸟此起彼伏的鸣叫声;夕阳快要落山的时候,潜游在水中的鱼儿争相跳出水面。这里实在是人间仙境啊。自从康乐公谢灵运以来,就再也没有人能够置身于这奇丽的景色之中了。

作者简介

陶弘景(456—536),字通明,南朝·梁时丹阳秣(mò)陵(今江苏南京)人,自号华阳隐居。著名的医药家、文学家、艺术家,人称"山中宰相"。著作有《本草经集注》《华阳陶隐居集》等,画作有《二牛图》《山居图》等。

游恒山日记（节选）

〔明〕徐霞客

 导读经典

本文节选自《游恒山日记》。《游恒山日记》出自明代著名散文家、地理学家徐霞客的《徐霞客游记》。徐霞客曾遍游祖国名山大川，写下了大量的游记。

恒山，在山西省浑源县东南，原称玄岳、紫岳、阴岳，明末清初被列为五岳之一，始称北岳恒山。这是一篇作者游恒山的日记。作者对旅游见闻，如土山无树、石山有树等细节进行了详细的记述，生动地描绘了祖国山河的壮丽景色，体现了作者深厚的爱国之情。文章短小精悍，文字优美，在不着痕迹中将写景与抒情完美结合。

 品读经典

时日色澄（chéng）丽，俯瞰（kàn）山北，崩崖乱坠，杂树密翳（yì）[1]。是山土山无树，石山则有。北向俱石，故树皆在北。浑源[2]州城一方，即在山麓（lù）。北瞰隔山一重（chóng），苍茫无际，南惟龙泉[3]，西惟五台[4]，青青与此作伍。近则龙山西亘（gèn）[5]，支峰东连，若比肩连袂（mèi）[6]下扼（è）[7]沙漠者。

注释经典

[1]翳：遮蔽。

[2]浑源：今山西浑源。

[3]龙泉：今山西隰（xí）县一带地区。

[4]五台：五台山，在今山西五台东北隅。我国佛教名山之一。

[5]亘：空间上或时间上延续不断，横亘。

[6]袂：衣袖、袖口。

[7]扼：把守、控制、扼制。

 雅译经典

这时阳光明亮绚丽，向下看山的北面，山崖上的岩石嶙峋开裂，像要纷纷坠落一样，山上的各种树木一层一层地挡住了阳光。这里的山，凡是土山都不长树，石头山才长树。北边的山坡都是石山，所以树都长在北边。浑源州城，也在山麓。向北看，隔着一重山，一片苍茫，望不到边际。南边是龙泉山，西边是五台山，郁郁葱葱，与恒山为伴。近处是向西延伸的龙山，龙山的东边是它的支峰，它们好像肩并肩、手拉手地阻挡着沙漠。

 作者简介

徐霞客（1586—1641），名弘祖，字振之，号霞客，江苏江阴人。明代著名地理学家、文学家、旅行家，地理名著《徐霞客游记》的作者，被称为"千古奇人"。

徐霞客自幼好学，博览群书，欲"问奇于名山大川"。21岁开始专心旅行，30多年间历尽艰险，南至云、贵、两广，北到燕、晋等地，足迹遍及现在的21个省（自治区）。其考察所得，按日记载，徐霞客去世后由季会明等整理成《徐霞客游记》。

徐霞客一生志在四方，游行足迹遍及大江南北，"达人所之未达，探人所之未知"。他每到一处，探幽寻秘，并记有游记，记录观察到的人文、地理、动植物等状况。他经30年考察撰成的60万字《徐霞客游记》，开辟了地理学上系统观察自然、描述自然的新方向，既是系统考察祖国地貌地质的地理名著，又是描绘华夏风景资源的旅游巨篇，还是文字优美的文学佳作，在国内外具有深远的影响。《徐霞客游记》开篇之日（5月19日）被定为中国旅游日。

徐霞客的重要地理学贡献有：对喀斯特地貌的详细考察、记述和探索，居世界先进水平；纠正了古代文献有关中国水道源流记载的一些错误，如否定"岷山导江"旧说，肯定金沙江乃长江上游的事实；观察记述了不少植物品类及其分布的若干规律；细致考察与记录火山、地热及各种人文地理现象。

拓展篇

终 南 别 业

〔唐〕王维

中岁颇好道,晚家南山陲。
兴来每独往,胜事空自知。
行到水穷处,坐看云起时。
偶然值林叟,谈笑无还期。

滁 州 西 涧

〔唐〕韦应物

独怜幽草涧边生,上有黄鹂深树鸣。
春潮带雨晚来急,野渡无人舟自横。

蝶恋花·春景

〔宋〕苏轼

花褪残红青杏小。燕子飞时,绿水人家绕。枝上柳绵吹又少。天涯何处无芳草。

墙里秋千墙外道。墙外行人,墙里佳人笑。笑渐不闻声渐悄。多情却被无情恼。

感悟篇

索尔巴斯陶风光
——读《山川之美》有感

卢雪梅

"山川之美,古来共谈。高峰入云,清流见底。两岸石壁,五色交辉……夕日欲颓,沉鳞竞跃。实是欲界之仙都。"意思是说:山川景色的美丽,自古以来就是文人雅士共同欣赏赞叹的话题。巍峨的山峰高耸入云,明净的溪流清澈见底。两岸的石壁色彩斑斓、交相辉映……夕阳快要落山的时候,潜游在水中的鱼儿争相跳出水面。这里实在是人间仙境啊。

这是南北朝时期著名医药家、文学家陶弘景在《山川之美》中对南方秀美山川的由衷赞叹。由于所处时代的局限,陶弘景没有机会走遍祖国锦绣河山,也许他对遥远的西域、对巍峨的天山、对草原都不甚了解。如果陶弘景能够穿越到今天的天山深处索尔巴斯陶,他定会情不自禁地赞叹:这西域美景与南方截然不同啊,这美丽的云端草原,这索尔巴斯陶实在是人间仙境啊。

2022 年 7 月 10 日,气温 15℃—30℃,昼夜温差较大,清晨天气凉爽,空气质量指数优良。

早上 10 点从昌吉市屯河南路新疆大剧院出发,沿乌伊公路向南进入兵团 12 师头屯河农场宽阔气派的东坪大道,后经八一钢城,驱车约 35 千米,驶入连绵百里、山体赭(zhě)红且夹杂黄白黑绿等色、以丹霞地貌著称于世的硫磺沟镇。从硫磺沟镇向南行进约 2 千米,进入国防公路 101 省道,由 101 省道向南行进约 45 千米进入昌吉市庙尔沟乡。

进入庙尔沟乡之前一路顺风,交通状况良好;进入庙尔沟乡之后,交通状况急转直下。山路尚未硬化,道路蜿蜒崎岖;山路两侧奇峰耸立,行走在狭长的山谷之中,扑面而来的是一个接一个的弯道陡坡,放眼望去是永远看不见尽头的迂回曲折。最惊心动魄的当属弯道会车，由于道路狭窄，只有单行道，会车时必须有一方停车避让，若互不相让，后果不堪设想。目之所及，或是千仞绝壁，或是万丈深渊，再强大的内心，此时也必会十五个吊桶打水——七上八下。

在跌宕起伏的山路上行进约 20 千米，进入天山 1 号冰川保护区。进入保护区后，沿着坎坷山路，再继续前行约 20 千米，到达索尔巴斯陶草原海拔最高点也是临时终点——金涝坝。这里之所以被我称之为临时终点，是因为到达金涝坝之后，脚下已无路可走。但是站在高耸的山顶向草原更深处极目远眺，却发现在依稀朦胧的遥远的草原上依旧有连绵逶迤、望不到边际的羊肠小道，依旧是牛羊好似珍珠撒，白云生处有人家。真可谓天外有天，山外有山。

早上 10 点迎着朝阳出发，晚上 9 点披着晚霞归来，虽然人已到家，但是心却留在了草原。突然想起朱自清先生的经典《绿》："我第二次到仙岩的时候，我惊诧于梅雨潭的绿了。"我想说：我第一次到索尔巴斯陶草原的时候，我惊诧于草原的美了。

美丽的草原我的家，索尔巴斯陶草原美在哪儿呢？

美在奇特。相比乌鲁木齐南山及其他草原单一的绿色、花海、雪山、羊群，这里的美更增添几分奇特。这片草原海拔较高，山顶海拔约 2700 米，山重水复，谷壑幽深，一路忐忑，一路惊险。登顶回望，硕大的、棉絮般的白云好像就在头顶，真是：惊回首，离天三尺三。

这里的云杉与其他草原相比也有不同。郁郁葱葱的云杉在陡峭的山坡上连片而立，像人工修饰过一样，挺拔且茂密，遮天蔽日。最令人赏心悦目、最能勾人魂魄的是远处若隐若现、若有若无的皑皑雪山，它与波浪起伏的葱绿草原、琳琅满目的烂漫山花、斑斑点点的洁白羊群遥相呼应，顾盼生辉。水墨点染，宛如仙境。

美在风骨。索尔巴斯陶草原是中部天山最后一片净土，尚未开发，加之路途遥远险峻，去观光度假的游客相对较少。远离了城市的喧嚣，远离了车水马龙，草原天更蓝、草更绿、花更艳、水更清。这里阳光充沛，风清气爽，绿草茵茵，蓝天白云。远看峰峦叠嶂，近看苍松如海，蛇形盘山路空中环绕，丹霞山群色彩斑斓……

　　索尔巴斯陶,可爱的、挚爱的、亲爱的、如诗如画的、如梦如幻的美丽草原,你以清澈、宁静、娟秀、挺拔的气质美出了风骨,美出了天际。

　　踏遍青山人未老,风景这边独好!

2022 年 7 月 10 日

坐看云起时

——读《终南别业》有感

卢雪梅

　　"中岁颇好道,晚家南山陲。兴来每独往,胜事空自知。行到水穷处,坐看云起时。偶然值林叟,谈笑无还期。"《终南别业》是唐代文坛巨匠王维的代表作,诗人信步漫游山间,看行云变幻,与老人谈笑,忘却回家时间,把退隐山林后的闲适情趣,写得如诗如画,惟妙惟肖,突出体现了诗人阳光开朗、超然豁达的浪漫情怀。

　　纵观全诗,诗人如同一位不食人间烟火的世外高人,视山涧为乐土,不问政治,不问世事,不刻意探幽寻胜,不执着,不坚持,一切顺其自然,随遇而安,在静谧的山林能走则走,不能走则看云卷云舒。《终南别业》充分展示了诗人平和豁达的心态,也让我们领略了宁静、幽深的大自然的美好。

　　一、《终南别业》解读

　　"中岁颇好道,晚家南山陲。"中岁:中年;颇:很、十分;好:喜欢;道:佛、道、神、仙等美好之事;晚:晚年;陲:旁边、边界;家:作动词,安家。首联的意思是说:中年以来很喜欢修道养性,最近安家在终南山脚下。"道",点出了虚静闲适之情,暗指诗人转换心境,参透官场,无心留恋政治,决定归隐山林。"陲"点出隐居位置,借终南山景色烘托远离尘世,远离官场。诗人的别业原为宋之问的别墅,王维购置后,完全被终南山的田园山水陶醉,这里山川秀丽,土地肥沃,草木丰茂,犹如世外桃源。

他在《山中与裴秀才迪书》中言道:"足下方温经,猥不敢相烦。辄便往山中,憩(qì)感配寺,与山僧饭讫(qì)而去。北涉玄灞(bà),清月映郭;夜登华子冈,辋(wǎng)水沦涟,与月上下。寒山远火,明灭林外;深巷寒犬,吠声如豹;村墟夜春(chōng),复与疏钟相间。"由此可见,终南别业令诗人非常满意,满足了他畅游山水的全部愿望。隐居于此,进可以居庙堂之高,退可以处江湖之远,"深林人不知,明月来相照"。

"兴来每独往,胜事空自知。"兴:兴趣;每:表示独来独往状态之频繁;独:无拘无束、自由自在;胜事:快意之事;空:非"无",蕴含"仅仅"之意。颔联的意思是说:兴致来临的时候,可以独自在山间闲庭信步,这样快意自在的感觉也只有自己才能感受到。诗人喜欢欣赏美景,喜欢天人合一,喜欢独来独往。他认为赏景怡情,自得其乐,若有所得,不求人知,只求自己心会其趣。

"行到水穷处,坐看云起时。"行、到、坐、看均是动作,形象具体。水穷:水流的尽头;云起:风景。颈联言简义丰,对仗工整,寓意深远,引人深思。意思是说:行走到溪水穷尽的地方,坐下来观看云雾升起的时刻。阮籍曾因穷途而哭,王维却是随遇而安,诗人不会因为山水穷尽而失落,也不会因为无路可走而沮丧。面对困境,诗人瞭望云卷云舒,静观水起水落,相看两不厌,唯有终南山。

颈联是全诗的亮点,全然有上承陶渊明"采菊东篱下,悠然见南山",下启陆游"山重水复疑无路,柳暗花明又一村"之意。诗人适与意会,心随云飘,一切尽在可有可无之间。"青山原不动,浮云任去来",俨然是一种豁达超然、境界高远、精神惬意、安然自在的处世态度。这种高远境界,既感染自己,也感染他人。

"偶然值林叟,谈笑无还期。"偶然:碰巧;值:碰到;叟:老翁、老者;无还期:没有一定的时间。尾联的"偶然"承上启下,"偶"字可以理解为没有事先约定,不期而遇。尾联的意思是说:在山林中偶遇一位老者,两人乐山乐水,志趣相投,相谈甚欢,在高谈阔论中竟然忘记了回家的时间。

尾联毫无景色描写,但是诗人通过一脉相承的诗意,无形中让读者眼前浮现出一幅诗人与老人在蓝天白云下、苍松翠柏间谈天说地的图景。尾联的自然质朴、平淡无奇,正好呼应了诗歌安闲恬适的主题。

二、《终南别业》对后世的启迪

1.遭遇不幸

王维自幼天赋异禀,智力超群,诗、书、画、音律、乐器样样精通。他未及弱冠之年便名动京城,考取进士后,宰相张九龄更是对王维的诗歌赞赏有加,并从各个方面给予年轻的王维许多帮助,希望王维能够成长为国家栋梁之材。然而,王维洒脱的性格让他注定无法在仕途上更进一步。从考取进士到"安史之乱"爆发的35年间,王维其实处于半仕半隐的状态。

"渔阳鼙(pí)鼓动地来",在唐玄宗仓皇西逃之时,王维没能及时逃出长安城,成了叛军的俘虏。被俘后,王维曾吃药取痢,假称患病。为招降王维,安禄山亲自派人把王维从长安接到洛阳,并处心积虑胁迫王维在伪朝廷担任了给事中一职。

"安史之乱"平定后,长安光复,朝廷按照任伪职人员名单进行清算,王维赫然在列,性命难保。为保王维平安,平叛有功的王缙(王维的弟弟)自愿削爵救兄,加之王维有抗击叛军诗作《凝碧池》,最终得以幸免于难。经此一劫,尽管王维后来官至正四品尚书右丞,但他再无心政事。

2.深刻启示

王维的山水田园诗清新空灵,冲和淡远,自然脱俗,在盛唐诗坛独树一帜。尤其是经历过"安史之乱"的人生窘迫、大彻大悟之后,诗人将真情实感完全熔铸于大自然的山水之中,创造出了一种清澈淡雅、宁静致远的诗歌意境。如《终南别业》中的名句"行到水穷处,坐看云起时",看似平淡,其实"不着一字,尽得风流"。

优雅的诗句启示我们:当人生无路可走时,当山穷水尽时,大可不必自怨自艾,更不用捶胸顿足;可以安静地坐下来,看云卷云舒,从另一个角度来感悟自然、感悟世界、感悟人生、感悟逆境、感悟平凡。

人生不如意十有八九。王维这种超然豁达的境界,给予我们许多启示,也给予经常处于逆境中的我们以前进的动力。王维让我们明白比海洋辽阔的是天空,比天空辽阔的是人心;他让我们清楚人最大的敌人是自己,能够战胜自己的人战无不胜;他让我们懂得无论遭遇任何挫折,都不后退、不放弃;他让我们感悟到:当人生处于低谷时,应该换一种心态,换一种思路,整理好情绪,整装再出发。因为只有这样,我们的人生才会有新的希望,才会有别样精彩。

2022 年 9 月 20 日

第七部分　敏而好学

孔子曰:"敏而好学,不耻下问。""学而不思则罔,思而不学则殆。""学而时习之,不亦说乎?""学而不厌,诲人不倦。""温故而知新,可以为师矣。"

孔子循循善诱,告诉我们学习的方法、学习的意义,使我们深刻地认识到:学习可以明智,学习可以开阔眼界,学习可以让我们获得更多的科学知识,而知识就是力量,知识就是财富,知识可以创造世界,知识可以改变世界,知识可以让世界变得更加美好。

主题一　锲而不舍

品读篇

劝学(节选)

〔战国〕荀子

导读经典

　　《劝学》选自《荀子》。《劝学》是《荀子》的开篇之作,是一篇论述学习的意义、目的,以及学习的态度和方法的散文。荀子认为:学习首先需要修养品德气质,保持专一的品质,专门学习一门技术才能速成,然后保持持之以恒、坚持不懈的正确学习方向。学习要善始善终,切忌半途而废,要达到完全而纯粹的精神境界。文章以朴素的唯物主义理论为基础,比喻巧妙,旁征博引,说理透彻,语言简洁,警句迭出,耐人寻味。

品读经典

　　积土成山,风雨兴[1]焉[2];积水成渊[3],蛟[4]龙生焉;积善成德,而神明自得,圣心备焉[5]。故不积跬(kuǐ)[6]步,无以[7]至千里;不积小流,无以成江海;骐骥(qíjì)[8]一跃,不能十步;驽(nú)马十驾[9],功在不舍[10]。锲(qiè)[11]而舍之,朽木不折;锲而不舍,金石可镂(lòu)[12]。

注释经典

　　[1]兴:起、兴盛。

　　[2]焉:于之、在那里。

[3]渊:深水。

[4]蛟:一种似龙的生物。

[5]积善成德,而神明自得,圣心备焉:积累善行而养成品德,达到很高的境界,通明的思想(也就)具备了。得:获得。而:表因果关系。

[6]跬:古代的半步。古代称跨出一脚为"跬",跨出两脚为"步"。

[7]无以:没有用来……的(办法)。

[8]骐骥:骏马、千里马。

[9]驽马十驾:劣马拉车连走十天(也能走得很远)。驽马:劣马。驾:马拉车一天所走的路程叫"一驾"。

[10]功在不舍:(它的)成功在于不停止。舍:停。

[11]锲:用刀雕刻。

[12]金石可镂:金,金属。石,石头。镂,原指在金属上雕刻,泛指雕刻。

 雅译经典

积土成高山,风雨就会兴起;积水成深潭,蛟龙就会出现;积善成大德,就能增长智慧,就会具备圣人的思想。所以不积小步,无以至千里;不聚细流,无以成江海;骏马跳跃一次,不能走出十步;劣马拉车十天,也能走得很远。雕刻一下就放下,朽木也无法刻断;如果坚持雕刻且持之以恒,金石也能雕刻成功。

 作者简介

荀子(约前313—前238),名况,战国末期赵国人,中国古代著名的思想家、哲学家、教育家,儒家学派的代表人物,先秦时期"百家争鸣"的集大成者。

荀子曾三次担任齐国稷下学宫的祭酒,两度出任楚兰陵令。晚年蛰居兰陵县著书立说,收徒授业,终老于斯,被称为"后圣"。荀子批判地接受并创造性地发展了儒家正统思想和理论,主张"礼法并施";提出"制天命而用之"的人定胜天的思想;反对鬼神迷信;提出性恶论,重视习俗和教育对人的影响,并强调学以致用。其思想集中反映在《荀子》一书中。荀子还整理传承了《诗经》《尚书》《礼》《乐》《易》《春秋》等儒家典籍,为传播保存儒家思想文化做出了巨大的贡献。

荀子总结百家争鸣的理论成果和自己的学术思想，创立了先秦时期完备的朴素唯物主义哲学体系，他的思想在以后两千多年封建社会的发展中潜移默化地发生着影响。

孙权劝学

〔宋〕司马光

 导读经典

本文选自司马光的《资治通鉴》，文题为后人所加。文章以对话的形式，记叙了吕蒙在孙权的劝说下开始学习，学习之后能力大有长进的故事。故事既让人们明白了学习的重要性，又赞扬了孙权、吕蒙认真学习的精神。故事运用侧面烘托及对比手法来塑造人物形象，突出了人物的性格特征。语言练达，生动传神，极富表现力。

 品读经典

初，权[1]谓吕蒙[2]曰："卿今当涂[3]掌事，不可不学！"蒙辞[4]以军中多务，权曰："孤[5]岂欲卿治经[6]为博士[7]邪（yé）！但当涉猎[8]，见往事耳。卿言多务，孰（shú）若孤？孤常读书，自以为大有所益。"蒙乃始就学。及鲁肃过寻阳[9]，与蒙论议，大惊曰："卿今者才略[10]，非复吴下[11]阿蒙[12]！"蒙曰："士别三日，即更刮目相待[13]，大兄何见事之晚乎！"肃遂拜蒙母，结友[14]而别。

注释经典

[1]权：孙权（182—252），三国时吴国的建立者，229年至252年在位，字仲谋，吴郡富春（今浙江省杭州市富阳区）人。

[2]吕蒙：汉末名将，字子明，汝南富陂（今安徽阜南）人。

[3]当涂：指居要职掌大权。

　　[4]辞:推辞。

　　[5]孤:古时王侯的自称。

　　[6]治经:钻研儒家经典。

　　[7]博士:春秋战国时已有其称,起初泛指学者,后来成为学术界的官职。汉武帝时置五经博士,兼具学官职能,东汉沿袭,主要负责教授经学、考核人才。

　　[8]涉猎:浏览群书,不做深入研究。

　　[9]寻阳:地名,在今湖北黄梅西南。

　　[10]才略:军事或政治方面的才能和谋略。

　　[11]吴下:指吴地。鲁肃和吕蒙早年在吴地相识。

　　[12]阿蒙:名字前加一个"阿"字,表示亲昵。

　　[13]刮目相待:谓另眼相看,用新的眼光看人。

　　[14]结友:结为至交。

 雅译经典

　　当初,孙权对吕蒙说:"你现在身居要职,执掌大权,不能不学习。"吕蒙以军中事务繁忙为借口拒绝学习。孙权说:"我难道是让你钻研儒家经典成为博士吗?只不过是想让你博览群书,多了解一些历史罢了。你说事务繁忙,难道能比得上我?我时常读书,觉得大有好处。"吕蒙听罢便开始学习。后来鲁肃过寻阳,与吕蒙讨论国事,非常震惊。鲁肃说:"以你今天的才干和谋略,可不再是吴下阿蒙了!"吕蒙说:"与读书人分别几天,就应该用另一种眼光去看待他。你怎么知晓得这么晚呢?"于是鲁肃拜见了吕蒙的母亲,与吕蒙结为挚友后告辞。

拓展篇

长 歌 行

青青园中葵,朝露待日晞(xī)。

阳春布德泽,万物生光辉。

常恐秋节至,焜(kūn)黄华(huā)叶衰。

百川东到海,何时复西归?

少壮不努力,老大徒伤悲!

劝 学 诗

〔唐〕颜真卿

三更灯火五更鸡,正是男儿读书时。

黑发不知勤学早,白首方悔读书迟。

观书有感·其一

〔宋〕朱熹

半亩方塘一鉴开,天光云影共徘徊。

问渠那(nǎ)得清如许?为(wèi)有源头活水来。

感悟篇

读书使人进步

——读《孙权劝学》有感

卢雪梅

江东吕蒙出身寒门，少年时期没有机会读书，文化层次较低，不受一些世族出身的士人待见，常被奚落。但是，他为人刚直、骁勇善战，在孙策、孙权兄弟发展壮大江东集团的进程中，敢打敢拼，表现优秀，深得孙氏兄弟喜爱。经过孙氏兄弟的精心栽培，吕蒙很快成为江东能够独当一面的将领。

吕蒙在镇守合肥期间，孙权来前线视察工作，劝他多读书。他推托说：戎马倥偬（kǒngzǒng），军务缠身，无暇读书。孙权以自己为例，告诉吕蒙读书有益。吕蒙在孙权的教导下开始读书，日积月累，大有长进。一次，鲁肃与他商谈国事，吕蒙思维清晰，头头是道，鲁肃对吕蒙的进步非常惊讶，情不自禁地说："以你今天的才干和谋略，可不再是吴下阿蒙了！"

吕蒙对读书的意义有了更深刻的认识，读书已经成为习惯，读书已经成为一种享受。而且读书让他充满自信，腹有诗书气自华。于是，他自豪地告诉鲁肃："士别三日，即更刮目相待。"从此，吴下阿蒙、士别三日当刮目相看，就成为一个人通过读书快速成长的象征。

《孙权劝学》告诉我们：读书是一种境界，读书是一种精神，读书可以获取知识，读书可以使人进步。

2020 年 3 月 6 日

诗香飘古城

——《劝学诗》读后感

卢雪梅

"三更灯火五更鸡，正是男儿读书时。黑发不知勤学早，白首方悔读书迟。"《劝学诗》是唐代著名书法家、诗人颜真卿勉人读书的励志名篇，诗歌形象生动，脍炙人口，语浅情深，千百年来被世人广为传诵。

近两天，我在古城奇台旅游、观光，看到一些村落、乡镇、街道、单位的文化墙制作得很有特色，集诗、文、漫画于一体，散发着浓郁的中华优秀传统文化气息，便常常驻足观看。细细品来，整个墙面关于读书、学习、教育的内容最多，其中勉人读书的诗文最为丰富。

文化墙所选诵读诗文大都篇幅短小、言简意赅、主题鲜明、浅显易懂，非常适合群众观赏、学习。墙面上颜真卿的《劝学诗》通俗、流畅、简单、易读、接地气，颇受群众喜爱，路过的孩子、大人都会来上一句"黑发不知勤学早，白首方悔读书迟"，听来让人很受鼓舞，从而对古城奇台的文化底蕴有了新的认知。

奇台在清末曾是朝廷官员、淘金人、天津杨柳青商人聚居的交通要塞，这些或公或私进入奇台的关内人，或为了边城各项工作需要，或为了后代子嗣教育大计，出关时，便把教书先生以及关内先进的文化书籍一同带到了边关，并薪火相传。在他们先进的文化思想、文化理念影响、感召下，奇台人非常重视文化教育。奇台是汉代的疏勒城、清代的靖宁城，黄金资源非常丰富，有"金奇台"之美誉。但是，在奇台人心中，黄金并不珍贵，他们认为比黄金更珍贵的是读书。在他们看来，"男儿欲遂平生志，五经勤向窗前读"。于是，绝大多数奇台人的理想就是倾尽所有供孩子读书，而且要到大城市去读书。

在这种读书比天高的文化理念带动下，奇台的文化教育事业一直蓬勃发展，长期以来在昌吉州乃至全新疆名列前茅。1981 年，奇台一中四个高中班竟考出了 50 余名大学生，高考升学率居全新疆前列。

"积土成山，风雨兴焉；积水成渊，蛟龙生焉。"经过长期的积累、积淀，奇台的文化教育事业捷报频传。古城文化的名片奇台一中,目前已成为新疆规模最大的一所高级中学,有高中教学班66个,在校生4450余人。今年,奇台一中一本上线432人,本科上线率75.27%,高考总上线率达到99.39%。其中,一名同学考入清华大学,还有多名同学被复旦大学、浙江大学、中国人民大学、同济大学、南开大学、厦门大学、北京航空航天大学等重点院校录取。传道解惑,育木成林,奇台一中以浓厚的文化氛围和优良的教育传统,已成为众多学子寻梦、追梦、圆梦,梦寐以求的精神家园。

奇台一中的辉煌业绩与优秀的师资紧密相关。1951年,富有优良教育传统的古城奇台,就在昌吉州率先创办了初级中学(奇台一中);1958年,奇台一中又率先在昌吉州创办了高中。曾就职于北京外国语大学的第一任校长张朝禄,在创办高中时就提出"不是本科生,不进一中门"。一时间,奇台一中荟萃了一批前来支边的北大、清华、中国人大、北师大、华东师大等名校的优秀毕业生。在20世纪六七十年代师资紧缺时期,远在边疆的奇台一中,教学师资力量位列全国县级中学第一方阵。这些精英学识渊博,有着中国知识分子的优秀特质,他们不计个人名利、个人得失,一心只为教书育人,一心只为文化报国,一心只为发展边疆教育事业。多年来,奇台一中始终以高水平的师资队伍,以求实、思变、图强、争先的优良校风,以优秀的全国高考成绩,引领、影响、促进、推动着昌吉地区国民教育的高质量发展。

寻寻觅觅,意犹未尽,继续探寻古城独特的文化底蕴。抬头凝望,在奇台一中校门两侧的文化墙上又跳跃出字迹娟秀的《劝学诗》,教室内传来小小少年的琅琅书声:"三更灯火五更鸡,正是男儿读书时。"看来,颜真卿的《劝学诗》在古城奇台已家喻户晓,人尽皆知。

夕阳美如画,清风醉晚霞。火红的晚霞染红了西边的天空,也染红了诗香四溢的奇台一中。校园内桃李芬芳,绿树成荫。放眼望去,大红色的喜报——高考光荣榜光彩夺目,熠熠生辉。红色的理想、红色的喜讯、红色的基调、红色的荣光,孩子们稚气、灿烂的笑脸映红了校园的天空,也映红了诗香古城。

(注:文中2017年奇台一中高考成绩具体数据,出自《奇台零距离·奇台一中2017年高考再创佳绩》。)

2017年7月28日

主题二　创造创新

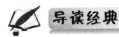

指　南　针

〔宋〕沈括

 导读经典

　　《指南针》选自北宋著名学者沈括的《梦溪笔谈》。"方家以磁石摩针锋，则能指南。"按沈括的说法，当时的技术人员用磁石去摩擦缝衣针，就能使针带上磁性。从现在的观点来看，这是一种利用天然磁石的磁场作用，使钢针内部磁畴的排列趋于某一方向，从而使钢针显示出磁性的方法。这种方法比地磁法简单，而且磁化效果比地磁法好。摩擦法的发明不但是世界最早，而且为有实用价值的磁指向器的出现创造了条件。

　　《指南针》篇幅短小，语言简洁，记述精准，对磁针罗盘做了清晰的描述。它解说了水浮法、碗唇旋定法、指甲旋定法、缕悬法四种指南针装置方法，并第一次明确谈到磁偏角的问题。

品读经典

　　方家[1]以磁石磨针锋，则能指南，然常微偏东，不全南也。水浮多荡摇，指爪(zhǎo)[2]及碗唇上皆可为之，运转尤速，但坚滑易坠，不若缕悬为最善。其法取新纩(kuàng)中独茧(jiǎn)缕[3]，以芥子许[4]蜡缀于针腰，无风处悬之，则针常指南，其中有磨而指北者。余家指南、北者皆有之。

　　磁石之指南，犹[5]柏之指西[6]，莫可原[7]其理。

 **注释经典**

[1]方家:术士,即后世的阴阳家。

[2]指爪:指甲。

[3]新纩:新丝绵。独茧缕:单根茧丝。

[4]芥子:芥菜种子。许:极言量少,一点儿。

[5]犹:如。

[6]柏之指西:古代有柏树指向西方的说法,现代科学并无此说。

[7]原:推求本原。

 雅译经典

　　方术家用磁石磨针尖,则针尖能指南,然而常常微微偏东,不完全指向正南方。让带磁的针浮在水上,则多摇荡;放在指甲上或碗边上做试验也可以,而且转动速度更快,但这类物品坚硬光滑,针容易坠落;不如用丝线把针吊起来,这是最好的方法。其方法是从新缫(sāo)出的丝絮中,抽出由一只茧拉出的丝,用芥菜种子大小的一点儿蜡,把它粘缀于针腰处的平衡点上,在无风的地方悬挂,则针尖常常指南。其中也有针尖磨过之后指北的,我家指南、指北的都有。

　　磁石指南的特性,犹如柏树生长偏向西方,现在还无法推断其原理。

作者简介

　　沈括(1031—1095),字存中,号梦溪丈人,今浙江杭州人,北宋政治家、科学家。沈括幼年随父宦游各地,嘉祐八年(1063)进士及第,授扬州司理参军。宋神宗时参与熙宁变法,受王安石器重,历任太子中允、检正中书刑房等职。元丰三年(1080),出知延州,兼任鄜(fū)延路经略安抚使,驻守边境,抵御西夏,后因永乐城之战受牵连被贬。晚年移居润州(今江苏镇江),隐居梦溪园,绍圣二年(1095)因病辞世,享年六十五岁。

　　沈括资质过人,在物理学、数学、天文学、地理学、生物医学等方面都有重要的成就和贡献,在化学、工程技术等方面也有相当的成就。例如他在数学方面首创的隙积术和会圆术,提出了高阶级差求数和公式及求弧长的近似公式。他提倡科学的十二气历,意识到石油的价值,表明了他卓越的科学见识。他的调查、观测、科学实验等方法,在当时也十分先进。北宋时期许多科学发明,例如活字印刷、指南针应用等技术,都借助沈括的记载而得以流传。此外,沈括在文学、音乐、艺术、史学等方面都有一定的造诣。

沈括被誉为"中国整部科学史中最卓越的人物"。其代表作《梦溪笔谈》,内容丰富,集前代科学成就之大成,在世界文化史上有着重要的地位,被称为"中国科学史上的里程碑"。为了纪念这位世界闻名的中国古代科学家,1979年7月1日,中国科学院紫金山天文台将该台在1964年发现的一颗小行星(编号2027)命名为沈括。

蔡 伦 造 纸

〔南北朝〕范晔

 导读经典

造纸术是我国古代的四大发明之一。造纸术是谁发明的? 长期以来,人们一直认为是东汉宦官蔡伦发明的,主要依据便是南北朝时期著名的史学家、文学家范晔的《后汉书·蔡伦传》。其实,发明造纸术的是西汉劳动人民,当时的人们已经掌握了造纸的基本方法。东汉和帝时,尚方令(职掌管理皇室工场、负责监造各种器械)蔡伦组织充足的人力、物力,认真总结西汉以来用麻质纤维造纸的经验,经过反复试验,创造了以树皮、麻头、破布、旧渔网为原料的纸。蔡伦因改进了造纸术而被封为龙亭侯,他造出的纸也被人们亲切地称为"蔡侯纸"。

本文是范晔《后汉书·蔡伦传》中蔡伦造纸的部分内容。

 品读经典

自古书契,多编以竹简[1],其用缣(jiān)帛[2]者谓之为纸。缣贵而简重,并不便于人。伦乃造意,用树肤、麻头及敝(bì)布、鱼网以为纸。元兴元年,奏上之。帝善其能,自是莫不从用焉,故天下咸[3]称"蔡侯纸"。

注释经典

[1]竹简:指古代用来写字的竹片,也指写了字的竹片,是先秦至魏晋时代的书写材料。

[2]缣帛:古代一种细而薄的丝织品。在没有发明纸以前,常用来书写文字。

[3]咸:都、全部。

雅译经典

自古以来,人们把字写或刻在竹片上,再编成册,用来写字的那种丝绸也叫作纸。丝绸很贵而竹简又太笨重,都不便于人们使用。蔡伦于是想出一种新的方法,他用树皮、麻头、破布、渔网等作为原料反复试验,最终造出了书写用纸,并于元兴元年(105)上奏皇帝。皇帝夸赞他的才能,从此都采用他造的纸,所以天下人都称这纸为"蔡侯纸"。

作者简介

范晔(398—445),字蔚宗,顺阳郡顺阳县(今河南省淅川县)人。南北朝时期著名史学家、文学家。范晔从小博览群书,元熙二年(420)出任冠军将军刘义康(宋武帝刘裕第四子)的长史,迁秘书丞、新蔡太守;元嘉九年(432),得罪刘义康,被贬为宣城太守,开始撰写《后汉书》,加号宁朔将军;元嘉十七年(440),投靠始兴王刘濬,历任徐州长史、南下邳太守、左卫将军、太子詹事;元嘉二十二年(445),拥戴刘义康即位,事败被杀,时年48岁。

范晔才华横溢,史学成就尤为突出。其著作《后汉书》,博采众长,结构严谨,属词丽密,与《史记》《汉书》《三国志》并称为"前四史"。

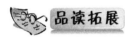

燧人钻木取火

〔晋〕王嘉

遂明国不识四时昼夜，有火树名遂木，屈盘万顷（qǐng）。后世有圣人，游日月之外，至于其国，息此树下。有鸟若鸮（xiāo），啄树则灿然火出。圣人感焉，因用小枝钻火，号燧（suì）人。

雅译经典

传说中有一个国家叫遂明国，那里的人从来不知道什么叫春夏秋冬，什么叫白昼黑夜。遂明国内有棵名叫遂木的火树，屈盘起来，占地面积有一万顷。后来，有一个圣人，漫游到了日月所照以外的远方，来到此国，在这棵大树下休息。忽然看见许多像鸮一样的鸟，在大树的枝叶间用嘴啄木，每啄一下，就冒出火星。于是，圣人感悟到了"钻木生火"的道理，就试着用小树枝来钻火，果然钻出火来。于是后人就称他为燧人。

硫　黄

〔明〕宋应星

凡硫黄配硝，而后火药成声。北狄无黄之国，空繁硝产，故中国有严禁，凡燃炮，拈（niān）硝与木灰为引线，黄不入内，入黄则不透关。凡碾（niǎn）黄难碎，每黄一两，和硝一钱同碾，则立成微尘细末也。

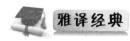

硫黄和硝配好之后，才能够使火药爆炸。北方少数民族地区不产硫黄，硝石产量虽然多也用不上。因此中原地区对于硫黄是严禁贩运的。大炮点火，要用硝和木炭末混合搓成导火线，不要加入硫黄，不然引线导火就会失灵。硫黄很难单独碾碎，但是如果每一两硫黄加入一钱硝一起碾磨，很快就可以碾成像微尘一样的粉末了。

以 虫 治 虫

〔宋〕沈括

 品读拓展

元丰中，庆州界生子方虫，方为秋田之害。忽有一虫生，如土中狗蝎（xiē），其喙（huì）有钳，千万蔽地；遇子方虫，则以钳搏之，悉为两段。旬日，子方皆尽，岁以大穰（ráng）。其虫旧曾有之，土人谓之"傍不肯"。

宋神宗元丰年间，庆州地区出现了子方（蚜蚄）虫，成为秋田里庄稼的天敌。忽然，又出现了一种虫，这种虫很像生长在土壤里的狗蝎。它的嘴上长有钳，成千上万，遍地都是；它遇到子方（蚜蚄）虫，就用嘴上的钳子与之搏斗，子方（蚜蚄）虫均被咬成两段。十天后，子方（蚜蚄）虫全部都被杀光，农民当年也因此获得大丰收。这样的虫子以前就曾经出现过，当地人叫它"傍不肯"。

感悟篇

有志者事竟成

——《蔡伦造纸》读后感

卢雪梅

南北朝时期著名的史学家、文学家范晔在《后汉书·蔡伦传》中记载:"自古书契,多编以竹简,其用缣帛者谓之为纸。缣贵而简重,并不便于人。伦乃造意,用树肤、麻头及敝布、鱼网以为纸。元兴元年,奏上之。帝善其能,自是莫不从用焉,故天下咸称'蔡侯纸'。"

东汉时期,人们写文章要把汉字写在竹片或者木片做的简上。简为长条形状,体积有限,一方简写不了几个字,如果想写完一篇文章得需要许多简。像西汉司马迁的巨著《史记》,使用的简不计其数,木简堆积如山。丝绸太贵而简又太笨重,如何能够改变现状,让书写、让书籍不再沉重,让文化能够传播得更快、更远?蔡伦陷入了沉思。从此,寻找价格低廉的造纸原料就成为蔡伦工作与生活中的头等大事。

一次,蔡伦在城外考察,发现小溪中有一堆破破烂烂、像棉絮一样轻薄的东西,觉得很奇怪,就询问农夫。农夫告诉他,树皮、烂麻等物品被水长时间冲泡后,就变成如此模样。一语点醒梦中人,蔡伦茅塞顿开,很受启发。回宫后,蔡伦立即投入实验。他先把树皮等原料进行长时间浸泡;然后把浸泡好的原料反复搅拌,形成浆状物;再将这些浆状物烘干、晾晒、成形。经历了无数次打击,经历了无数次挫折,最终有志者事竟成,蔡伦造纸成功。从此,蔡侯纸天下闻名。

蔡伦之前的纸张多以麻为原料制成,非常粗糙,无法书写,只能用来包装物品。蔡伦改进造纸术后,白纸的出现和纸张的运用,方便了朝廷传达政令,方便了百姓日常生活,方便了天下读书人,也助推了中华文化及教育事业的快速发展。改进后的造纸术先是传入朝鲜、日本、印度、阿拉伯,然后经北非传入欧洲,对人类文化事业的发展进步产生了积极深远的影响。中华民族的造纸术为世界文明做出了巨大贡献,功在千秋。

2021 年 8 月 10 日

风力发电　输送光明
——《燧人钻木取火》读后感

卢雪梅

　　《燧人钻木取火》出自王嘉的神话志怪小说集《拾遗记》,为一则神话传说。传说告诉我们,中华民族最早发明人工取火的是燧人氏。他凭借自己的智慧给人们带来光明和温暖,让中华民族走出了茹毛饮血的困境。

　　燧人氏未钻木取火之前,没有火种,没有光亮,长夜漫漫,到处是黑暗。自从发明了人工取火,中华民族便看到了希望,看到了亮光。燧人氏利用大自然的力量,把我们从愚昧带入文明,让我们从黑暗走向光明。

　　燧人氏是中华民族希望和光明的使者,是文明与科技的化身。在 5000 年后的今天,我们再不用茹毛饮血,再不用钻木取火,我们有了高科技,有了先进的生产力。但是,我们优秀的先祖燧人氏留给我们的善于钻研、积极进取的科学精神,却早已在心中扎下了根。于是,我们也像燧人氏一样,从辽阔的大自然中汲取智慧,从戈壁荒漠的强劲西北风中获取力量,风力发电,绿色经济,传递文明,输送光明。

　　风力发电,在新疆戈壁荒漠随处可见,并不稀奇。但是每次路过,还是会被代表着高科技的随风飞旋的叶片,被大漠深处风力发电的宏伟、壮观所吸引。今天途经昌吉州规模最大的木垒老君庙风力发电场时,我忍不住又驻足停留,观赏奇景。

　　老君庙风电场屹立于千里戈壁之上,整体跨度约 20 千米,地势开阔,人迹罕至,平均海拔 998 米,地形相对比较平坦,广袤无垠;北邻 197 县道和博斯坦乡—鸣沙山牧道,与 G335 高速和 303 省道相通,交通便利,风力资源得天

143

独厚。

近年来,木垒县依托独特的风力资源及地理优势,加快发展绿色风电能源产业,积极促成国家电投等 28 家风力发电企业落户木垒,年风电发电量达79 亿千瓦·时。其中,老君庙风电场格局最大、投产最早、入驻风电企业最多,是高压直流输电工程"疆电外送"的主战场,是新疆现代化风电产业千万千瓦级重要清洁能源基地。

戈壁远上白云间。戈壁上的蓝天,像蔚蓝的大海深邃辽远,蓝得让人心醉。蔚蓝的天空上,慵懒的云朵像拖着细长白烟的银鸟,又像扬着耀眼白帆的小船,晃晃悠悠,东游西逛,闲适惬意。极目远眺,连绵起伏的东天山,在经历了春夏风雨的洗涤之后,山顶有些地方洁白的雪峰若隐若现,有些地方冰雪融化之后山顶已裸露出褐色。

放眼望去,茫茫戈壁满是粗砂、砾石,与褐色的天山山顶遥相呼应,呈现出一派单调的褐色或灰褐色。粗硬的地表上基本没有生长植物,耐干旱、抗风沙的白草、芨芨草等植被也早已褪去绿意,凌乱枯黄。辽阔寂静的天宇,偶尔回荡起北归大雁的叫声,高亢、嘹亮。

老君庙是纯戈壁,没有杂色,没有杂质,没有一丝年轻的记忆,厚重与悲壮、浩瀚与悲凉在这里凝固。高远的蓝天,缥缈的白云,连绵的群山,粗莽的线条,忧郁的色调,满目的沧桑,古老苍凉的戈壁,深沉而又粗犷。

在这苍凉戈壁,在这大漠边关,在这古老的丝绸之路千里黄金通道上,风力发电似一缕春风,以它年轻的模样成为别样景致。它清新、明朗、淡雅,让苍老的戈壁焕发青春,让寂静的沙滩威武雄壮。

飙行天下风,瀚显能源功。一望无际的连片组合的银白色风电装置,在古老的老君庙拔地而起。迎风摆尾的风力发电机昼夜旋转,无休无止。它们是戈壁沙滩上的亮丽风景,它们给古老荒凉的老君庙传递了青春的讯息,给寂静空旷的亘古荒原带来了勃勃生机。

数不清、数不尽的风力发电机,在苍茫天地间巍然屹立;三片叶轮旋转不停,日夜不息。它们像一队队冲锋陷阵的士兵,挥舞着大刀长矛,叱咤风云;又像一个个飞天神女,婀娜多姿,长袖善舞。它们以涌动的电流,把清洁能源输送到四面八方;它们以圣洁的情怀,把低碳理念传遍祖国大地;它们以粗壮的臂膀,赶走了沙尘雾霾;它们以新型能源的独特风韵,引领着大漠戈壁的优雅洁净及绿色文明。

气流旋双翼,灵械运神功。风力发电,输送光明,揽晴天彩虹,点亮华夏夜幕灯。

2016 年 9 月 20 日

参 考 文 献

[1]教育部.教育部关于印发《高等学校课程思政建设指导纲要》的通知[R/OL].(2020 – 05 – 28)[2023 – 03 – 08].https：//www.gov.cn/zhengce/zhengceku/2020 – 06/06/content_5517606.htm.

[2]陈金海.中国传统文化[M].2 版.北京:北京出版社,2021.

[3]张建,刘荣.中国传统文化[M].3 版.北京:高等教育出版社,2018.

[4]孙昕光.大学语文[M].5 版.北京:高等教育出版社,2021.

[5]冯天瑜.朗读经典:桑梓之情[M].乌鲁木齐:新疆文化出版社,2020.

[6]苗禾鸣,潘恩群.中华经典诗文诵读[M].修订本.济南:山东教育出版社,2016.

附录　品读延伸

朗读技巧及朗读示例

 基础知识

一、概念

朗读是把书面文字(视觉)转变为有声语言(听觉)的再创造活动。

二、要求

1.语音标准,吐字清晰。

2.语言流畅,目的明确。

3.语流通达,富于美感。

4.注重技巧,合理自然。

 朗读技巧

一、准备技巧

研读作品,理解主题。

二、感情调动技巧

认真感受作品,充分调动感情,以声传情,以情动人。

三、语言表达技巧

停连、重音、语调、节奏。

1.停连

停连是指在有声语言的流动过程中声音的中断和延续。语音上的间歇叫停顿,不中断的地方叫连接。

(1)停顿符号/

(2)停顿分类

语法停顿、强调停顿(弱逻辑停顿或感情停顿)、结构停顿。

示例1:一位吝啬的富人准备请一位私塾先生教其子女读书。当富人问及伙食标准时,私塾先生写下了"无鸡鸭也可无鱼肉也可青菜一碟足矣"。富人将其理解为"无鸡鸭也可,无鱼肉也可,青菜一碟足矣",便请了这位先生。但教书第一天,当私塾先生看到席上只有一碟青菜时便勃然大怒,拿着条子说,明明说好的"无鸡,鸭也可;无鱼,肉也可;青菜一碟足矣",你怎么不守诺言呢?!

示例2:下雨天留客天天留我不留

下雨天留客/天留/我不留

下雨/天留客/天留/我不留

下雨天/留客天/留我不留

示例3:最贵的一张值800元。

最贵的/一张/值/800/元。

最贵的/一张值800元。

示例4:蒹葭/苍苍,白露/为霜。所谓/伊人,在/水一方。

示例5:这里/就是1935年中国工农红军长征时走过的地方,红军叫它/水草地。

(3)连接符号⌒

连接分类:直连、曲连。

直连:一般用于有标点符号而内容又联系比较紧密的地方,是顺势连带,不露痕迹。

示例1:你的为人不如他的十分之一,百分之一,万分之一!

"十分之一,⌒百分之一,⌒万分之一"这三个排比之间就应该连起来读,中间不要间断。

曲连:似停非停,声断意连,用于没有标点符号而内容又需要有所区分的地方。

示例1:阿呀,⌒我的太太!你真是大户人家的太太的话。我们山里人,⌒小户人家,这算得什么?她有小叔子,⌒也得娶老婆。不嫁了她,那有这一注钱来做聘礼?她的婆婆倒是精明强干的女人呵,⌒很有打算,所以就将她

嫁到里山去。(《祝福》,摘自《普通高中教科书 语文 必修 上册》)

2.重音

重音是根据语句目的和思想感情需要,对需要强调的字、词、短语给予重音。

(1)重音符号·

(2)重音分类:语法重音、强调重音、感情重音。

示例1:风停了,雨住了,太阳出来了。(重音:风、雨、太阳)

示例2:我们的祖国多么壮丽,我们的人民多么豪迈!(重音:我们、祖国、壮丽)

示例3:我(请你跳舞的不是别人)请你跳舞。(重音:我)

　　　我请你(怎么样,给面子吧?)跳舞。(重音:你)

3.语调

语调是指在一定的具体思想感情支配下具体语句的声音形式。

语调分类:高升调、降抑调、平直调、曲折调。

示例1:谁是班长? ——我。(语调平稳,句尾稍抑)

　　　你的电话! ——我?(语调渐升,句尾稍扬)

　　　谁负得了这个责任? ——我!(语调降得既快又低)

　　　你来当班长! ——我?(语调曲折)

示例2:　　　　　　《囚歌》

　　　　　　　　　叶挺

为人进出的门紧锁着,(→平调)(冷眼相看)

为狗爬走的洞敞开着,(→平调)

一个声音高叫着:(↗曲调)(嘲讽)

爬出来吧,给你自由!(↘)曲调(诱惑)

我渴望自由,(→)(庄严)

但也深知道——(→平调)

人的躯体哪能由狗的洞子爬出!(↑升调)(蔑视、愤慨、反击)

我只能期待着,(→平调)

那一天——（→平调）

地下的火冲腾，（稍向上扬）（语意未完）

把这活棺材和我一齐烧掉（↓降调）（毫不犹豫）

我应该在烈火和热血中得到永生！（↓降调）（沉着、坚毅、充满自信）

4. 节奏

节奏是有声语言的一种形式，是朗读者思想感情的波澜起伏所造成的抑扬顿挫、轻重缓急的声音形式的回环往复。

节奏运用的方法：欲扬先抑、欲抑先扬、欲快先慢、欲慢先快、欲重先轻、欲轻先重。

节奏分类：轻快型、凝重型、低沉型、高亢型、舒缓型、紧张型。

示例1：盼望着，盼望着，/东风/来了，春天的脚步近了。（盼望的样子）

示例2：一切都像/刚睡醒/的样子，欣欣然张开了眼（蒙眬的样子）。山朗润起来了，水/涨/起来了，太阳的脸红起来了（陶醉的样子）。

示例3：小草/偷偷地/从土地里钻出来，嫩嫩的/，/绿绿的/（表现小草的冲劲）。园子里，田野里，瞧去，一大片一大片/满是/的（惊讶、赞叹）。坐着，躺着，打两个滚，踢几脚球，赛几趟跑，捉几回迷藏。风轻悄悄的，草软绵绵的（轻柔的样子）。

四、表情朗读符号

符号	名称	作用	标示方法
●	主要重音号	表示重读的音节	标在应重读的字的下面
○	次要重音号	表示次一级的重读音节	标在次一级重读字的下面
Ⅰ Ⅱ Ⅲ	音步停顿号	表现节奏的停顿	标在音步之后
△	前低后高号	表示这一句应读得前低后高	标在句首（或句尾）
▽	前高后低号	表示这一句应读得前高后低	标在句首（或句尾）
—	急读号	表示此处应急读	标在急读部分字下
~~	缓读号	表示此处应缓读	标在缓读部分字下
<	渐强号	表示语气由弱到强	标在应渐强部分之上

心得体会写作技巧及范文示例

 基础知识

一、概念

心得体会是参与读书、学习、交流、实习等实践活动之后所写的感受文字。

二、形式

写作主体没有规定的模式，只有约定俗成的模板。

三、类型

读书心得体会、参观心得体会、学习心得体会、从事××工作心得体会、××社会实践心得体会、观后感等。

四、特点

实践性、真实性、条理性、感悟性。

五、写作要求

1.实践第一。先实践，必须结合具体实践写心得体会。

2.真实第一。不得夸大其词，不得添枝加叶，不得虚构。

3.功夫第一。具备必要的文字写作能力，语言流畅，段落整齐。

 写作技巧

一、标题

在首行正中写心得体会的具体名称。如："读《仁者爱人》有感""读《围城》有感""观《跨过鸭绿江》有感""学习《××××报告》心得体会""参加××职业院校技能大赛心得体会"等。

二、正文

1.开头

体会的缘起、背景。如："今天读了唐代现实主义诗人杜甫的《蜀相》之后""近日公司举办了××××年发电设备检修技能培训活动"等。

2.主体

具体实践的过程、结合实践谈体会等。如："近日，我诵读了××作家的散文《××》。通过诵读,我深刻地认识到读书百遍,其义自见……""学到的知识对我的工作有很大帮助……""总之,通过不断培训,职工的职业技能就会不断提高……"。

3. 结尾

表达希望、期望、畅想、感谢等。如:"感谢××先生为我们留下了如此优秀的一部著作""感谢公司和老师的教导"等。

三、落款

在文章右下方署名并标明时间。在标题下署名,落款时只标明时间。

 **范文示例**

学习《中华优秀传统文化》之感悟

×××

近三个月来,单位利用业余时间,开展了《中华优秀传统文化》学习活动。通过学习,我受益匪浅,深有感触。

一、对传统文化有了新的认识

以前只是碎片化学习,没有真正系统地接触过国学方面的知识。通过这段时间的学习、领悟之后,我对传统文化有了新的认识。国学博大精深、历史悠久,几千年来一直是中华民族安身立命之文化根基,也是中华文化的精神命脉。任何一个民族、任何一个国家,不管是对历史负责,还是对未来负责,都应该有自己的文化特色,保护自己的文化遗产。传统文化就是中国特色,是宝贵的物质和精神财富,是五千年中华文化的积累,是我们优秀祖先智慧和知识之结晶。因此,我们应该加强中华优秀传统文化的研究、整理,从中吸取精华、汲取力量,从而古为今用,学以致用。

二、对学习知识有了新的认识

人的一生从学习开始。孔子曰:学而时习之,不亦说乎?《论语》开篇即提出以学习为乐事,表达了孔子一生学而不厌、诲人不倦、注重修养、严于律己的思想理念。一个人在漫长的生命历程中,有很多问题不可预知,有很多事物无法掌控。但是唯有学习可以自主,可以通过不断学习而不断进步。知识可以增长才干,知识可以改变命运。因此,我们必须树立终身学习的思想。

三、对子女教育有了新的认识

中国是文明古国、礼仪之邦,文化底蕴丰厚。然而,在全球化的今天,外来文化对孩子影响较大。孩子爱吃的是"肯德基""麦当劳",喜欢的玩具是芭比娃娃、奥特曼,谈论的话题是日韩卡通人物。我们是文化大国,如果孩子对传统文化知之甚少,肯定不利于孩子的教育与成长。如果孩子从小就能够广泛了解中华优秀传统文化,了解中华民族对世界文明所做出的巨大贡献,这对于教育孩子先做人后做事,对于弘扬中华传统美德、增强民族自信大有益处。

国学大师南怀瑾先生说:"一个国家,一个民族,亡国都不怕,最可怕的是一个国家和民族自己的根本文化亡掉了,这就会沦为万劫不复,永远不会翻身。"辉煌灿烂的中华优秀传统文化,凝聚着中华民族的独特气质与精神,它不仅是中华民族,也是全人类的宝贵财富。作为当代青年,我们不仅要学习传统文化,还要把它运用到实际工作中,让优秀的传统文化与时代结合,让五千年来祖辈们的智慧在现代生活中熠熠生辉,使之在现代化建设中发挥更大的作用,使之在激烈的世界竞争中给予我们强大的精神力量。

×××× 年 ×× 月 × 日

会计知识专题培训心得体会

×××

×××× 年 × 月 × 日至 × 月 × 日,我参加了 ×× 市财政局组织的"关于基础会计知识行政违法处罚条例"专题培训。这次培训,由 ×× 市 ×× 会计师事务所 ×××、×××、××× 等注册会计师主讲,主要讲了会计基础知识、行政违法处罚条例、会计法规等实用内容,讲解通俗易懂、言简意赅,使我从中学到了很多知识,体会颇深。

一、提高思想认识,坚定职业操守

通过学习,我认为作为一名大型旅游企业的财务工作人员,不仅要有精湛的专业技术和技能,更重要的是要有良好的职业道德和职业荣誉感。在工作中必须严守职业道德,坚守职业操守,树立优秀的职业品质、严谨的工作作风,努力提高工作效率和工作质量。

二、不断更新知识,提高业务技能

作为财务工作者,一定要不断提高自身业务能力,严守会计法规,扎扎实实地把财务工作做好。这些年,我虽然积累和掌握了一些专业技能,对会计记账等业务轻车熟路,但是现在政府收支分类正在进行各项改革,记账方式也在不断改变,我原来积累的会计知识已不能适应当前电子记账工作的需要。

现代社会是知识竞争的时代,"谁拥有了知识,谁就拥有了明天",只有不断学习,不断掌握新的知识,才能达到新的高峰。这次培训,给我们搭建了一个非常好的学习平台,让我们接触到了许多最前沿的知识,开阔了眼界,提高了专业素养。通过培训,我深刻地体会到:知识需要不断更新和及时充电,学无止境。因此,在今后的工作中,我将彻底改变以往知识够用即可的落伍观念,充分利用好业余时间,积极在××××培训平台上自学与业务相关的专业知识,充实自己,增长才干。在熟知、学懂、弄通财经法律法规的基础上,努力钻研业务工作,并做好财经法规宣传工作,保证所提供的会计信息合法、真实、准确、及时、完整。

三、继续努力奋进,争做行家里手

学而不思则罔,思而不学则殆。在今后的工作中,我会以此次学习为动力,不断学习,不断思考,努力提高自身业务素质,做到依法办事、依法做事、忠于职守、爱岗敬业,正确处理好国家、集体和个人的利益,时刻自重、自警、自省、自励,在大是大非面前坚持正确的立场和态度,端正思想作风,提升思想境界,淡泊名利,廉洁自律,清白做人,在依法记账的前提下,当好公司的"内当家",为公司的财务管理工作做出自己应有的贡献。

一个月的学习时间虽然有限,但令我受益匪浅。学而时习之,不亦说乎?今后,我将继续进行发散性学习,努力提高学习效率,学而不厌,不断进步。

××××年××月×日

散文随笔写作技巧及范文示例

 基础知识

一、概念

散文随笔是指作者把自己对生活的真实感悟或生活体验,通过读书、学习、参观、状物、写景、游历、记人、记事等多种方式及时记载下来,以表达自己的思想感情。

二、形式

1. 不受体裁限制,行文自由,结构灵活,不拘一格,自由发挥。

2. 记叙、抒情、议论、观景、睹物、旅行、体会、感悟等,包罗万象。

三、特征

1. 以客观事实为基础,有较强的纪实性。

2. 大实小虚,主要内容必须实,次要部分允许虚。

3. 大千世界、芸芸众生均可涉及,取材非常广泛。

4. 细处落笔,小中见大,形散而神不散,主题鲜明。

5. 短小精悍,注重节奏,收放自如,讲究文采。

四、写作要求

1. 热爱生活,注重观察生活,传递正能量。

2. 表述流畅,具备较强的文字整合及表达能力。

五、写作技巧

1. 分类

(1)记叙散文

记叙散文是以记人、叙事、状物、写景等为主的散文,侧重记述一定的风物、场景,但不是纯客观描述,必须做到情景交融,要表达一定的思想,抒发一定的感情。如《小橘灯》等。

(2)抒情散文

抒情散文是以抒发感情为主的散文,主要抒发作者对现实生活的感受、感悟、启发、意愿、激情等。把握抒情脉络,在抒情中巧妙升华主题是重点。如《济南的冬天》等。

（3）议论散文

议论散文是以议论为主的散文,一般会借助于具体事例,通过对形象的描绘和感情的抒发来阐明道理,要求观点鲜明、论据准确、说理充分、层次明晰、以理服人。如《都江堰》等。

2.线索

（1）以情为线索、以理为线索、以物为线索、以人为线索、以空间为线索、以行为为线索、以文眼为线索。

如:《背影》以父亲的背影为线索、《藤野先生》以我与先生交往为线索、《白杨礼赞》以白杨树为线索、《松树的风格》以松树为线索。

（2）明线、暗线。

（3）贯穿全文,时隐时现。

（4）有明显标志,可以是标题本身;或者无明显标志,但在文中反复出现。

3.语言

结合上下文及作者思想状态,感情色彩浓厚,委婉含蓄,声韵和谐,表现力强。

4.意境

意境是客观生活、自然景物与主观思想、情感相熔铸的产物,具有含蓄美、意象美。要结合知识、情感、主观体验,把自我感悟融会贯通于所描绘的意境中,最终实现思想的共鸣与升华。

5.表现手法

象征、拟人、排比、顶真、对比、烘托、托物言志、欲扬先抑、寓情于景、借物喻人、联想想象、设置悬念等。如《绿》《繁星》《散步》《牡丹的拒绝》《紫藤萝瀑布》等。

（1）写景

借景抒情、寓情于景、情景交融、移情于景等。

（2）咏物

托物言志、托物言情等。

（3）怀古

借景抒情、借事抒情、借人抒情等。

（4）咏史

借古喻今、借古讽今、借题发挥等。

（5）送别

借景抒情、借事抒情等。

（6）戍边

直抒胸臆、借景抒情等。

6.总体结构

（1）找要素。如叙事性散文，必须掌握时间、地点、人物、事件（起因、经过、结果）等要素。

（2）理顺序。如叙事性散文，应注意顺叙、插叙、倒叙的过渡与照应，使开头与结尾浑然一体，一气呵成。

（3）抓线索。线索的作用在于联系事件与场面，是情节发展的脉络。把握好线索，有利于把握整体结构以及所表现的主题思想。

（4）析哲理。把握立意，升华主题，在借景、借物抒情的基础上挖掘哲理，给人以启迪。

7.思想内容

认真选取材料，精心设计结构，环环相扣，层层递进，准确表达自己的情感寄托和主题思想。

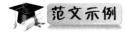 范文示例

漫步千亩海棠

卢雪梅

呼图壁县二十里店镇苗木基地，有"西部苗都"之称，是目前新疆规模最大、品种最全的国家级苗木交易市场，主要种植绿化景观苗木、造林苗木、经济林苗木，其中绿化景观苗木之一的千亩海棠最为壮观。今天，"海棠花儿

艳·龙呼一家亲"——呼图壁县第四届海棠花季乡村文化旅游节盛大开幕，于是驱车专程前往，一睹千亩海棠昂首怒放的盛况。

"阳春布德泽，万物生光辉。"春日的林区，晴空万里，生机盎然。瓦蓝的天空像一汪海水，清明澄澈；几朵雪白的、像棉花拉开了丝儿的云朵，飘飘忽忽地浮游在天空；金色的太阳透过轻柔的云层，照耀在千亩海棠上。沐浴着温暖的阳光，林海中所有的海棠花迎着太阳盛放。

"一叶度春风，芳芳自相接。"海棠林海主要由香妃海棠园、北美海棠园组成，呈东西走向，长约 10 千米，种植面积约 1000 亩，阡陌纵横、浩浩荡荡。无数长长的、望不到尽头的垄沟上，彤云密布般挺立着无数年轻的海棠，它们或整齐划一皆为白色、紫色、红色，或鳞次栉比、五颜六色，在和煦的春风里舒展身姿、随风摇曳，处处皆美色。浩大的海棠林一望无际，想步行游览绝非易事，于是我定下神来，决定步行与车行并举，先就近步行赏花，最后再车览全程。

"春风绿叶点海棠，一瓣一蕊浸芬芳。"置身香妃海棠园，仿佛进入了一个五彩缤纷的童话世界，各式各色的海棠花如山呼海啸般迎面扑来，令人目不暇接。香妃海棠园中有王族海棠、香妃海棠、锦绣海棠、金叶榆树球等 60 多个苗木品种，花团锦簇，千姿百态。望着风姿绰约、挺拔俊秀的海棠树，朱自清先生的经典《春》立刻涌上心头："桃树、杏树、梨树，你不让我，我不让你，都开满了花赶趟儿。红的像火，粉的像霞，白的像雪……"我想，先生的美文中没有提到海棠，大概是当时他并没有看到海棠花开的盛况。倘若先生今天能身临其境，怒放的海棠花儿定会被他施以浓墨重彩，也许这千亩海棠会像桃树、杏树、梨树一样声名远播。

轻轻地在海棠树下踱步，静静地观赏着海棠花，顿感心旷神怡。数不清的海棠树上，数不清的娇嫩碧叶中，一簇簇花瓣或洁白如玉，或热情似火，或白中透粉，或紫中透白，或含苞欲放，或开满枝头，或玫红紫红一枝两色，或雪白淡粉相依相偎……细看风和日丽中的海棠花叶，娇美细嫩，薄如轻纱，似朵朵云霞，灿烂夺目；若紫霞仙子，袅袅飘然。

漫步林海深处，海棠风情园便展现在眼前。为了映衬海棠树的秀丽挺拔、烘托海棠花的多情妩媚,宽阔的林带中应景栽种了许多结实矮小的金叶榆树球。它们呆萌憨厚,安静地伫立在海棠树周围,欣赏着海棠树的高洁傲岸,领略着海棠花的温婉浪漫。赏罢金叶榆树球,再观各类奇异造型,立马对身板孱弱的小海棠树竖起大拇指。它们默默地矗立在园内,柔软的枝条被按需裁剪、盘旋,然后组合成各种形象,以提升花园整体美感。比如海棠宝塔,就是把小海棠树上的枝叶由低往高盘成圆圈。第一层圆圈最大,花儿最多;第二层次之;到第三层圆圈最小,花儿也最少。还有一枝独秀、花开两支等,都是造型奇葩,稀奇古怪。

美丽的千亩海棠,满眼绿色,满眼芬芳,它是庭州第一春,它带给我们美好和希望!

2019 年 4 月 28 日

天山新雨后
卢雪梅

2018 年 10 月 5 日上午,秋风习习,雨过天晴,早上 11 点乘车到达乌鲁木齐南山牧场西白杨沟,观天山秋景。

南山牧场位于天山深处,距市区 75 千米,自西向东分为西白杨沟、菊花台、东白杨沟、照壁山、庙尔沟和大西沟。其中,西白杨沟景色最美、知名度最高。西白杨沟平均海拔 2252 米,密林绿野,群山峻峭,溪流淙淙,风景如画。

很多年前,我曾体验过西白杨沟的夏日。清澈的雪水,挺拔的劲松,清新凉爽,气候宜人。南山牧场是避暑的好地方,西白杨沟更是风景绝佳。但是,当时还很年轻的我,总怕消磨了时光,来去匆匆,对西白杨沟的认识非常肤浅,并未感受到西白杨沟的美,更谈不上品味与回味了。很多年过去了,当年的我已不再年轻,虽再无青春芳华,却多了几分淡定与从容。今天,在阵阵寒风中,我气定神闲地再次游览了南山牧场西白杨沟。山水依旧人也依旧,但心境却与从前大不相同。俗话说,心静自然凉,我想说心静自然觉得山美、水美、人更美。

"空山新雨后,天气晚来秋。"新雨过后的西白杨沟,清新明朗。蔚蓝的天空像水洗过一样,蓝得纯粹,蓝得让人心醉。山坡上已褪去绿色全部变黄,寒风吹起了四处飘零的落叶,草原已是秋天的模样。虽然没有绿茵如盖,但是金黄的草原一样可爱,所有的小草扬起脸庞,挂着雨露的草尖儿永远向着太阳。

走上盘山路,山谷、山坡上五颜六色,柳树、胡杨、白杨等各种林木在降霜之后,叶子都开始变色,有变为浅红、玫红的,有变为鹅黄、浅黄、杏黄的……在这所有林木你追我赶变色之时,唯有盘山路两侧茂密且整齐的云杉处变不惊。云杉不但在五光十色的诱惑面前毫不动心,还在经过山雨洗礼之后更加郁郁葱葱。云杉永远是南山牧场一抹最亮丽的底色,永远是群山万壑中的绿色使者。被云杉的绿色感染着,我忽然想起了孔子的名言:"岁寒,然后知松柏之后凋也。"

"清溪深不测,隐处唯孤云。"漫步山间,随处可见的涓涓溪流也让人感慨万千。天山雪水从天边以排山倒海之势席卷而来时波涛汹涌、水流湍急,但被分解成无数条小溪流后,就褪去了原有的烈性,温柔且随性。小小的溪流欢快地穿梭于悬崖峭壁之间,不问来路也不问归期,只是带着银铃般的笑声恣意潇洒地流向远方,流向人们最需要的地方。多情雨后山涧水,为了不辜负这山涧甘醴,不辜负这天山深处的绿色矿泉水,我俯下身,捧起涧水啜饮起来,哇……好清、好凉、好甜、好爽啊,雨后山凉好个秋。

走出盘山路,最养眼的是天山大瀑布。在高山之巅,一条宽约2米的瀑布风驰电掣般从高耸的山巅急泻而下,随后水花四溅,颇为壮观。更让我叹为观止的是在瀑布的顶端、千仞峭壁之上,竟然屹立着一排云杉。从树干上看,云杉已不年轻,但它们丝毫没有衰老的迹象,依旧像勇敢的年轻人一样,傲然挺立在寸草不生的悬崖上,把自己站成了一道风景,也给了向着太阳奔跑的我们以青春的力量。

2018 年 10 月 5 日

学习方法简介

学习方法

在学习过程中,比智商更重要的是正确的学习方法。正确的学习方法能够提高学习效率。

一、重点学习法

对所要学习的功课,从第一章到最后一章,每一章的重点要明确,并进行深入理解,反复记忆,融会贯通。

二、比较学习法

依次对学习内容分章、节、目、条,按照比较法进行知识梳理,做到心中有全局,各章节之间有比较,区别本质,加深理解,巩固记忆。

三、自问自答验效法

在基本内容大体掌握、重点难点皆明确的基础上,自己出题,自己测试,自己核对检验,以加深理解、记忆,提高学习的针对性。

四、相互问答法

亲朋好友在一起学习时,在基本内容已经掌握的基础上,采取甲乙相互提问的方式,你问我答或你答我问,提高学习效率。

五、顺序温习法

学习时间充裕、学习内容已基本掌握的自学者,可以离开书本,按章节从头到尾进行温习记忆。可将内容按节、目整理,整理遇阻的部分,再花大力气学习巩固。

六、理论联系实际法

结合自己所学理论知识,解决或解释社会生活、经济发展、市场竞争、人生经历中的现实问题;或将理论方法应用于实践,检验其效果。

七、案例学习法

用所学到的科学技术知识,去对照现实生活中的具体案例,减少学习的枯燥感、压抑感,增强对科学技术知识实用性的认识。

八、讨论式学习法

多人在一起学习时,在基本熟悉某一章节具体内容的基础上,对其重点、难点、疑点,进行充分讨论,集思广益,拓宽思路,取长补短。

九、科技创新研讨法

高层次自学者自发地组织起来进行科技创新研讨,可以就世界范围内科学技术最新理论知识、最新研究成果、最前沿的创新理念等内容展开话题,从而提高科技素养。

十、自我挑战法

根据自身学习特点、学习能力以及学习实力,设计出较高的、适合自己的学习目标,通过不断获取最新知识,提高学习能力,增强学习实力,来实现预定的理想目标。

演讲知识简介

 基础知识

一、演讲

演讲又称演说或讲演,主要是指在公共场合,以口头语言为主要手段,以肢体语言为辅助手段,针对某一具体问题,表达自己的观点和看法。

"演",可以解释为"艺术地";"讲",就是"讲述",把经过组织的语言表达出来。演讲,也就是艺术地讲话。

二、演讲稿

演讲稿是演讲者事前准备的,在公开场合发表个人观点、见解、主张的文稿。

1. 特点

针对性、鼓动性、有声性。

2. 类型

(1)按演讲场合划分,可分为会场演讲稿、广播演讲稿、电视演讲稿、课堂演讲稿、街头演讲稿、法庭辩论稿等。

（2）按演讲内容和性质划分，可分为政治演讲稿、学术演讲稿、教学演讲稿、诉讼演讲稿、社会活动演讲稿、巡回报告等。

（3）按表达方式划分，可分为命题演讲稿、即兴演讲稿、论辩演讲稿。

（4）按演讲目的划分，可分为娱乐性演讲、传授性演讲、说服性演讲、鼓动性演讲、凭吊性演讲。

（5）按演讲风格划分，可分为激昂型演讲、深沉型演讲、活泼型演讲、严谨型演讲等。

3. 作用

宣传作用、教育作用、号召作用、提示作用、规范行为的作用。

4. 写作要求

选题需恰当，选材需精当，观点需正确，语言需感染力强。

 写作技巧

一、标题

1. 提要式。简要概括演讲的核心内容，如：《劳动神圣》。

2. 寓意式。运用修辞手法把抽象的哲理具体化，如：《扬起生命的风帆》。

3. 警句式。引用名言警句设置标题，如：《忧劳可以兴国　逸豫可以亡身》。

4. 设问式。通过设问来提示演讲涉及的内容，用演讲来回答标题的提问，如：《人生的价值何在?》。

5. 抒情式。具有强烈的感情色彩，达到以情动人的效果，如：《真情，让我一生守候》。

二、称呼

提行顶格加冒号，根据受听对象和演讲内容需要决定称呼。常用"同志们""朋友们"等，也可以加定语渲染气氛，如："年轻的朋友们"等。

三、正文

1. 开头

（1）开门见山，揭示主题；

（2）介绍情况，说明缘由；

（3）提出问题，引起关注。

2. 主体

层层递进，环环相扣，可使用"首先""其次""再次"等序次语。演讲结构要张弛有度，同时要将演讲内容的各个层次联结起来，使之浑然一体。

3. 结尾

通常没有固定的格式，但结尾是演讲能否走向成功的关键，故可升华主题，加深印象。

四、落款

1. 在文章右下方署名并标明时间；

2. 在标题下署名，落款时只标明时间；

3. 用于媒体发表的必须署名，右下方可标明时间，也可省略。

 **范文示例**

弘扬伟大的五四精神

贾××

尊敬的老师，亲爱的同学们：

大家早上好！

今天我演讲的题目是《弘扬伟大的五四精神》。

1919 年 5 月 4 日，为驱逐黑暗、争取光明，一群意气风发的青年用热血和生命谱写了一曲最壮丽的青春之歌，绘就了一幅最宏伟的青春画卷。如今，五四运动已作为光辉的一页载入了中华民族的史册。然而，五四运动绝不仅仅是一个历史事件，它更是一种伟大的精神。在这种精神里，有着青年人关注国家命运的责任和使命，有着青年人振兴民族大业的赤胆与忠心。

今天，我们的祖国已经进入了一个新的历史时期，振兴中华的责任，已经落在我们青年人的肩上，"五四"的火炬已经传递到我们青年人手中，"五四"的精神需要我们青年人发扬光大。可是要弘扬伟大的五四精神，就必须要思考一个问题：我们应该拥有怎样的青春，才能担负起先辈们赋予我们的历史使命？是在浑浑噩噩中度过，还是在奋发有为中进取？在校园，我们经常会看到这样的场景：有的同学晚上熬夜追剧，不按时上课，经常迟到，甚至旷课；有的同学沉迷于网络，下课打游戏，上课就睡觉……作为祖国的未来、民族的希望，若长此以往，我们能继承先辈遗志吗？能弘扬伟大的五四精神吗？

今天，我们纪念五四运动，目的在于弘扬伟大的五四精神，肩负起民族振兴的伟大历史使命。因此，我们必须树立远大的理想，勤奋学习，勇于实践，在实践中锻造品格、磨炼意志。

时代楷模许振超的演讲非常感人。他说："在别人眼里学习是一件苦事。但对我来说，学习带给我无穷的快乐。每当我攻克一道难题，我就有一种成就感和满足感。"许振超从一个学徒成为一名桥吊专家，以初中文化程度熟练地驾驭综合了6门学科知识的大型集装箱装卸设备，这与他锲而不舍的求知精神密切相关。

无论上班还是下班，许振超利用一切碎片化时间学习专业知识。他系统自学了高压变配电、电力拖动、计算机、数字控制技术等多个专业领域的知识，以解决工作中遇到的难题。学习中经常要参阅一些英文专业书籍，许振超不懂英语，他就拜女儿为师。三十年如一日的自我挑战和坚持学习，成就了今天的大国工匠、桥吊专家许振超。他说："一个人可以没有文凭，但不可以没有文化；可以不进大学殿堂，但不可以不学习；只有知识才能改变命运，只有勤奋学习才能成就未来。"

梁启超先生在《少年中国说》中寄语中国少年："少年智则国智，少年富则国富，少年强则国强……少年进步则国进步，少年胜于欧洲则国胜于欧洲，少年雄于地球则国雄于地球。"自古英雄出少年，正值青春年少的我们，承载着先辈的重托，肩负着历史的使命，从今天起，从此刻起，让我们把"小我"融入"大我"，以信心筑船，倾热血为江，脚踏实地，潜心读书，不惧风雨，不畏险阻，高举起五四火炬，用智慧和勇气扬起理想的风帆，用拼搏和汗水演绎青春年华，让伟大的五四精神生生不息！

×××× 年 × 月 × 日

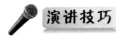 **演讲技巧**

一、做好准备

1.投入写作。了解听众,熟悉主题,搜集素材,准备写一篇高质量的演讲稿。

2.表述完整。写作讲究逻辑,层层递进,重点突出,成功的演讲从演讲稿开始。

3.注意表达。强化咬字、吐词、停连及四声练习,表达要一语中的、言简意赅。

4.严格训练。反复试讲,思路清晰,对演讲稿的内容了如指掌,最好能够脱稿。

5.调试状态。面对穿衣镜调试姿态、手势、面部表情,发现问题,及时纠正。

6.放松心情。注意休整休息,注意礼仪礼节,注意仪表仪容,提前进入会场。

二、演讲技巧

1.精神饱满。讲究立姿,仪表端庄,昂首挺胸,面带微笑,表情自然。

2.先声夺人。开头不宜过长,重在抛砖引玉,重在吸引听众。

3.有的放矢。注意启发听众,随时观察听众反应,激发听众兴趣。

4.音容并茂。注意语气、语音、语调,讲究高低起伏、抑扬顿挫。

5.注意手势。手势不宜太多,要恰到好处,肢体语言要与内容紧密结合。

6.张弛有度。语速保持适中,感情真挚,幽默风趣,通俗易懂,开合自如。

7.升华主题。结尾简短有力,再次点题,把握好时间,见好就收,戛然而止。